DREAMBOOKS

DREAMBOOKS★

박정수 판타지 장편소설
FANTASYSTORY & ADVENTURE

뱀파이어
무림에 가다

8

dream
books
드림북스

뱀파이어 무림에 가다 8

초판 1쇄 인쇄 / 2014년 9월 26일
초판 1쇄 발행 / 2014년 10월 6일

지은이 / 박정수

발행인 / 오영배
책임편집 / 편집부
펴낸 곳 / (주)삼양출판사 · 드림북스

주소 / 서울특별시 강북구 솔샘로67길 92
대표 전화 / 02-980-2112 팩스 / 02-983-0660
편집부 전화 / 02-980-2116 팩스 / 02-983-8201
블로그 / blog.naver.com/dreambookss

등록번호 / 제9-00046호
등록일자 / 1999년 3월 11일

ⓒ 박정수, 2014

값 8,000원

ISBN 978-89-542-5825-8 (04810) / 978-89-542-5304-8 (세트)

* 지은이와 협의하에 인지는 생략합니다.
* 잘못된 책은 구입한 곳에서 바꾸어 드립니다.

이 도서의 국립중앙도서관 출판시도서목록(CIP)은 서지정보유통지원시스홈페이지(http://
seoji.nl.go.kr)와 국가자료공동목록시스템(http://www.nl.go.kr/kolisnet)에서 이용하실 수
있습니다. (CIP제어번호: 2014027723)

뱀파이어 무림에 가다

무림에 가다

박정수 판타지 장편소설

FANTASYSTORY & ADVENTURE

8

dream books
드림북스

Contents

뱀파이어

무림에 가다

Vampire

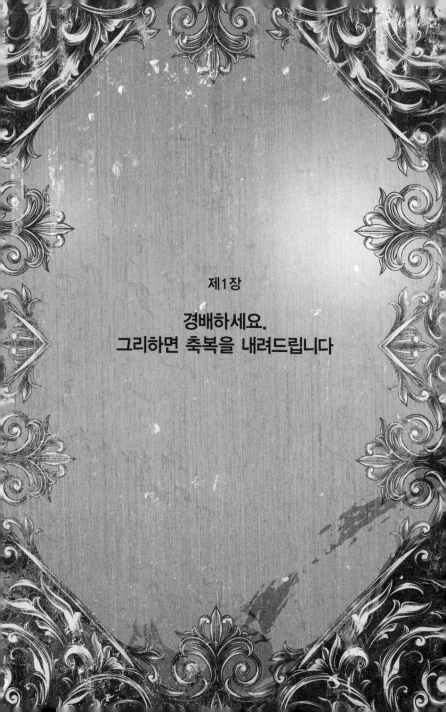

제1장

경배하세요.
그리하면 축복을 내려드립니다

빛이 닿지 않는 어두운 숲.

벌레들도 숨을 죽인 듯 고요하기 그지없었다. 벌레의 울음소리 대신 숲을 채운 것은 붉은색과 그 색이 뿜어내는 혈향뿐이었다.

어두운 숲, 유일하게 빛이 둥근 형태로 스며드는 곳이 있었다.

그 아래 야현이 양팔을 활짝 펴고 고개를 젖힌 채 비릿한 혈향을 만끽하고 있었다.

태양이 주는 불쾌함, 그리고 희미한 고통.

야현은 그것들이 주는 감정에 살아 있음을 느끼고 있었

다.

태양.

뱀파이어에게 애증의 상대다.

인간이었을 때는 자신을 보듬어 주는 어미의 품이었지만 뱀파이어로 변한 뒤로는 고통을 주는 칼날이 되어버린, 애타게 갈구하지만 더 이상 다가설 수 없는 존재.

그 빛 아래 한 사내가 서 있었다.

어둠의 일족이지만 성스러워 보이는 것은 왜일까?

이유는 하나.

야현을 바라보는 뱀파이어들의 머릿속은 조금 전 끝난 전쟁에 대한 기억으로 가득 차 있었다.

뱀파이어의 싸움은 우아하다.

일족은 그러한 싸움을 피의 미학이라 부른다.

피의 미학, 그 얼마나 아름다운 단어인가.

그런데 눈앞의 성스러워 보이는 야현은 달랐다.

우악스럽다.

거칠다.

보는 것만으로 오금이 저릴 정도로 패악스럽다.

아울러 단순하다.

힘.

압도적인 힘으로 가로막는 것은 모조리 부수고 벤다.

그럼에도 경이로웠다.

거칠고 단순한, 패도적인 싸움이 아름답게 느껴지는 이유는 무엇일까.

툭.

누군가가 경이로움을 경배하며 무릎을 꿇었다.

툭툭툭툭…… 툭!

마치 파도처럼 뱀파이어들은 차례로 무릎을 꿇고 엎드렸다.

*　　*　　*

곧고 길게 뻗은 나무 기둥을 중심으로 몬스터와 짐승 가죽으로 만들어진 커다란 게르. 그 중앙에 오우거 가죽이 바닥에 깔려 있었고, 그 위에 중장년의 사내가 앉아 있었다.

얼굴에서 가슴으로 이어지는 문신과 목과 허리를 가득 채운 뼈로 된 장신구.

다크 엘프 왕국의 스펜다미 대부족 부족장, 스펜다미였다.

"흠."

그의 입에서 무거운 침음이 흘러나왔다.

"어찌하오리까?"

그의 측근인 대전사 중 한 명이 무거운 음색으로 스펜다미 대족장의 의중을 물었다.

스펜다미 대족장은 무거운 눈빛으로 고개를 돌려 노구의 늙은이, 주술사를 쳐다보았다.

"대술사의 뜻은 어떠하오?"

아무리 대족장이라도 주술사의 우두머리 대술사에게만은 함부로 할 수 없는 법.

"……."

스펜다미 대족장의 물음에도 대술사는 눈을 감은 채 아무 말이 없었다. 스펜다미 대족장의 눈에 답답함이 들어찰 때 즈음, 대술사의 눈이 떠졌다. 특이하게도 그의 눈에는 눈동자가 없었다. 새하얀 눈자위만 있을 뿐이었다.

"후우—."

대술사는 곧 끊어질 듯한 숨결로 깊은 한숨을 내쉬었다.

"보이는 것은 어둠뿐."

"어둠이라."

스펜다미 대족장은 입 안에서 그 말을 되읊었다.

"길운인지 대흉인지 알 수 없는 어둠이라."

대술사는 곧 숨이 넘어갈 듯 몸을 부르르 떨며 뒷말을 덧붙였다.

"어둠이라 하면 대운이 아니오."

대전사 한 명이 주먹을 불끈 쥐며 투박한 목소리로 말했다.

"그렇습니다, 대족장! 우리 대부족은 그깟 다프니 족과는 다르옵니다! 저들을 꺾고 진정한 통일 부족의 태족장으로 나서십시오."

태족장.

다크 엘프 족장이라면 그 누구라도 불리기를 소망하는 호칭이었다.

왕.

태족장은 다크 엘프 족의 왕을 상징하는 호칭인 까닭이었다.

그 불림에 스펜다미 대족장은 온몸을 부르르 떨었다. 그 이름을 들은 것만으로도 황홀해지기 때문이었다.

스펜다미 대족장은 눈을 돌려 열 명의 대전사들을 쳐다보았다.

그들의 강렬한 눈빛이 가슴에 틀어박혔고, 웅심에 불을 지폈다.

"어둠은 우리의 영광."

스펜다미 대족장은 자리에서 일어나 주먹을 불끈 쥐며 낭랑한 목소리로 외쳤다.

"다른 일족들에게 누가 더……. 음?"

일장연설이 막 시작되려는 그쯤, 낯선 인기척에 스펜다미 대족장은 소음이 들려온 천장으로 고개를 올렸다. 그런 그를 검은 그림자가 덮쳤다.

콰당!

"컥!"

천장을 뚫고 아래로 내려온 검은 그림자는 단숨에 스펜다미 대족장을 넘어뜨리며 가슴을 발로 밟았다.

"대족장이라, 좋은 호칭이기는 하군요. 그래서 가슴이 떨리나요?"

검은 그림자는 야현.

야현은 발 아래 밟힌 스펜다미 대족장을 내려다보며 히죽 웃음을 지었다.

챙! 챙챙챙!

열 명의 대전사가 일제히 커다란 곡도를 뽑아들며 빠르게 야현을 포위했다.

"네, 네놈은…… 크윽! 누, 누구냐?"

스펜다미 대족장은 짓밟힌 와중에도 눈을 부라리며 물었다.

"그대들의 황제가 될 인물입니다."

야현은 우아하게 허리를 숙였다.

"정식으로 소개하죠, 뱀파이어 왕국의 왕이자 어둠의 제국의 황제가 될 야현, 야누스라 합니다."

"큭!"

야현이 허리를 숙이며 스펜다미 대족장의 가슴을 더욱 강하게 밟아 누르자 그의 입에서 격한 신음이 터져 나왔다.

그 신음에 대전사들은 주춤하는 모습을 보였다.

"당신이 대술사?"

야현의 물음에 대술사의 눈동자 없는 흰자위가 부릅떠졌다.

"어둠이 오리라, 어둠이 오리라. 어둠이 오리라."

신접이라도 내린 듯 대술사는 몸을 떠는 것도 모자라 베베 꼬며 중얼거리기 시작했다.

"어둠이 오리라! 어둠이 오리라!! 어둠이 오리라!!!"

그 목소리는 서서히 커졌고, 종국에는 발악하듯 외치다가 거짓말처럼 입을 닿았다.

그리고 천천히 일어나 야현에게 엎드렸다.

"어둠이시여."

"크크크크크크."

야현은 나직하게 웃음을 터트렸다.

"대술사!"

"감히 일족을 배반하려는 것인가?"

대전사들이 일제히 고함을 지르며 야현과 그 앞에 엎드려 있는 대술사를 압박했다. 하지만 야현의 발 아래 깔려 있는 대족장 때문에 섣불리 달려들지는 못했다.

"크하하하!"

야현은 대소를 터트리며 대전사를 쳐다보았다.

후우우우웅!

그의 몸에서 기운이 폭사되었고, 그 기운은 유형의 바람을 만들어냈다.

하지만 단순히 바람만 일으키려고 내력을 폭사시킨 것은 아니었다.

십단공, 이단!

숨이 막힐 듯 몸을 죄여오는 기운이 더욱 커졌다.

"컥!"

"으윽!"

기운에 압도당한 대전사들이 막힌 숨을 애써 뚫으며 두어 걸음씩 뒷걸음을 쳤다. 더욱이 강림술로 마계 전사의 혼을 담지 않은 다크 엘프쯤이야.

권능, 염력!

야현의 눈동자가 붉은색으로 가득 찼다.

동시에 그 눈동자가 희열을 띠었다.

십 갑자의 힘을 등에 업은 권능.

퍽! 퍼버버버벅!

염력은 하나의 유형의 힘이 되어 대전사들의 복부를 가격하고 그의 몸을 뒤로 날려 버렸다.

우당탕탕탕!

다시 이어진 염력!

야현은 그들의 손에 들린 곡도를 빼앗아 그들의 목에 얹었다.

"큭!"

"으윽!"

야현은 고개를 내려 공포에 물든 스펜다미 대족장을 내려다보았다.

스르릉!

그가 앉은 오우거 가죽 옆에 놓여 있던 그의 곡도가 허공에 떠올랐다. 그리고 누군가가 뽑아든 것처럼 곡도가 칼집에서 뽑혔다.

그리고 곡도는 넘실넘실 날아들어 대족장의 목 위에 섰다.

사각—

곡도는 대족장의 목 살갗을 살짝 베고 날아가 나무 기둥에 꽂혔다.

더불어 대전사를 겨누고 있던 곡도들은 그들의 허리춤에 달린 칼집으로 돌아갔다.

곡도들을 물린 야현은 스펜다미 대족장의 가슴을 밟고 있는 발을 내리고 오우거 가죽 위, 그가 앉아 있던 자리에 털썩 앉았다.

"앉으세요."

어정쩡한 모습들.

야현이 기운에 다시 폭사시키며 이번에는 지독한 살기를 담았다.

"앉으라 했습니다."

야현의 말에 스펜다미 대족장은 잠시 어찌할 줄 몰라 하다가 그의 앞에 앉았다.

"크크."

야현이 그런 그를 보며 음산한 미소를 터트리자 스펜다미 대족장은 화들짝 무릎을 꿇고 앉았다.

야현의 시선이 대전사에게로 향했다.

그들도 서둘러 무릎을 꿇고 자리에 앉았다.

"스펜다미 대족장."

"예? 옙!"

스펜다미 대족장은 목소리를 더듬으며 대답했다.

"유익한 대화가 되었으면 좋겠군요. 다프니 족처럼 일족한 명 살아남지 못하고 말살되지 않으려면."

　야현의 음산한 미소에 스펜다미 대족장은 물론 대전사들까지 온몸을 바르르 떨었다.

제2장

그대들은 지금부터
본인의 백성들입니다

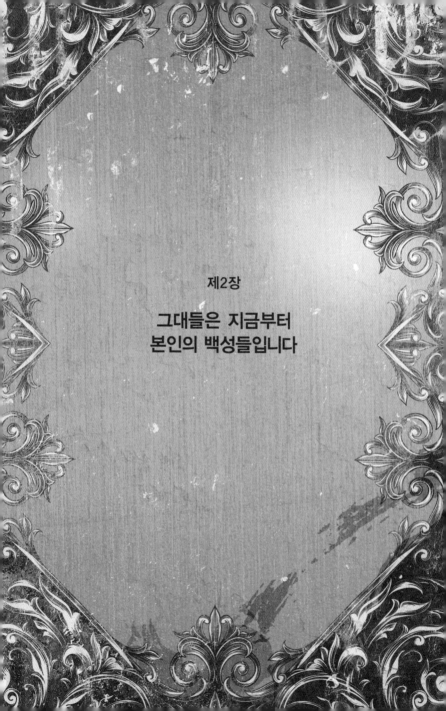

대족장의 대(大) 게르.

오우거 가죽이 깔린 상석에 야현이 앉아 있었고, 좌로는 초량을 시작으로 헤크, 힉스 두 공작과 파묵, 핀터 나이트 문 기사단장과 부기사단장, 카플러스 병대장이, 우에는 대족장이 된 카질라를 선두로 그가 신임하는 다섯 명의 대전사들이 앉아 있었다.

그런 야현 뒤로 베라칸이 호위를 서고 있었고, 옆에는 하밀리아 대술사가 반쯤은 엎드린 채 자리하고 있었다.

"카질라."

"예, 폐하."

"부족을 온전히 휘어잡을 수 있겠는가?"

"키키키."

대답은 대술사의 입에서 나왔다.

"모레 새로운 대족장을 선포하는 마천제(魔天祭) 의식을 준비하라 주술사들에게 일러두었습니다."

"반발은?"

"대족장 마천제 의식은 소신의 온전한 몫. 그 누구도 토를 달 수 없음입니다."

야현은 고개를 끄덕이며 카질라를 쳐다보았다.

"썩을 가지는 이미 쳐냈사옵니다."

적당히 피를 뿌려 지배자에 대한 공포를 부족인들에게 각인시켰다는 의미.

"의식은 얼마나 걸리나?"

"삼 일이옵니다."

"삼 일이라. 짧지는 않군."

야현의 중얼거림에.

"육체적 피로야 저번 전쟁에서 풀었다지만 정신적 피로가 없지는 않을 터, 이 기회에 휴식을 취함이 어떠신지요."

초량이 제언을 올렸다.

"그리할 수밖에."

야현은 카질라를 보며 다시 입을 열었다.

"마천제 의식 다음 날, 군사를 일으켜라. 시미다 대부족으로 간다."

그 말에 카질라의 눈빛이 번뜩였다.

"시미다 대부족을 발판으로 다크 엘프 부족을 통일한다."

그 눈빛에 야현은 냉소를 보이며 말을 이어갔다.

"본인이 원하는 것은 공국으로서의 다크 엘프 왕국과 그를 이끄는 태족장일 뿐이다."

카질라의 눈가에 주름이 깊게 파였다.

누가 태족장이 되어도 상관없다는 말은 즉, 카질라 자신이 아니어도 상관없다는 말이기도 했다.

카질라의 눈에 핏발이 섰다.

그는 주먹을 꽉 쥔 채 허리를 숙였다.

"본인이 한 마디 덧붙이지."

카질라가 고개를 들어 야현을 올려다보았다.

이글거리는 욕망이 그의 눈동자에서 강렬히 타오르고 있었다.

"그 어떤 수단과 방법도 허하겠다."

"명!"

카질라는 입술을 깨물며 다시 머리를 바닥에 찧었다.

"다음 자리에 그대가 태족장으로 그 자리에 앉았으면 하는군. 부디 그대의 손으로 움켜잡기를 바란다."

"반드시! 반드시 태족장으로 폐하 앞에 다시 서겠나이
다."

카질라의 말에 야현의 입가에 비릿한 미소가 지어졌다.

그리고 그가 대전사들을 이끌고 게르를 나갈 때까지 하
밀리아 대술사의 굳은 표정은 좀처럼 펴지지 못했다.

대술사는 제사장인 동시에 부족의 과거와 미래를 잇는
식자다.

그렇기에 야현이 카질라에게 내린 말의 숨은 뜻을 알아
차린 것이다.

그저 듣기에는 야현이 카질라에게 힘을 실어 준 것일지
몰라도 실상은 다르다.

카질라는 야현의 말에 수단과 방법을 가리지 않고 시미
다 부족을 집어삼키려 할 것이다. 가장 호전적인 부족을
이끄는 시미다 대족장이 쉽게 허리를 숙이지 않을 것은 분
명하다.

반드시 둘 중 한 명은 죽는다.

카질라가 태족장이 된다면 방금 내린 말로 하여금 더욱
강한 충심을 끌어내게 될 것이고, 시미다 대족장이 살아남
아 태족장이 된다면 그것만으로도 강한 수하를 얻게 되니,
어느 결과라도 야현은 만족스러운 결과를 얻게 되는 것이

다.

결국 카질라는 잔인한 싸움에 내던져진 것이나 다름없었
다.

오싹한 이면에 하밀리아 대술사는 무서움을 느낄 수밖에
없었다.

"그대도 태술사에 올라서야지?"

무서움의 정체는 바로 이것.

자신 역시 카질라와 똑같은 신세라는 것이다.

다른 점이라면 카질라는 야현의 내심을 모른다는 것이
고, 자신은 알았다는 것일 뿐, 결과는 같다.

야현의 뜻대로 싸울 수밖에 없음을.

'음?'

명을 받들며 엎드린 하밀리아 대술사는 자신의 주먹이
조금 전 카질라와 매한가지로 꽉 쥐어져 있음을 알아차렸
다.

모든 족장들이 태족장을 원하는 것처럼 주술사들도 태술
사를 꿈꾼다.

몸은 늙었지만 욕망의 본능은 살아있는 모양이었다.

하밀리아 대술사는 실소를 머금으며 머리를 바닥에 찧었
다.

"폐하의 기대에 어긋남이 없도록 하겠사옵니다."

실소와 달리 하밀리아 대술사의 눈빛 또한 강렬히 빛나고 있었다.

＊　　＊　　＊

날이 저물고.

게르 밖은 내일 있을 마천제 의식 준비로 시끌벅적거렸다.

부족의 새로운 대족장이 서는 중요한 의식인 동시에, 부족의 가장 큰 축제이기에 모두가 부족 전체가 들뜰 수밖에 없었다.

그렇지만 마냥 밝은 분위기만은 아니었다.

이유는 단 하나.

카질라 대부족 인근에 자리를 잡은 뱀파이어 왕국의 군대와 대족장 게르를 차지하고 있는 야현 때문이었다. 더불어 마천제 의식이 끝나고 대규모 전쟁이 있을 거라는 소문 때문이었다.

"하여, 마천제 의식 마지막 날, 카질라 대전사가 대족장의 직을 이어받은 후, 곧바로 폐하께 사대(事大) 의식을 거행할 것이옵니다. 그리고 폐하의 출전식과 함께 카질라 대족장이 선봉의 깃발을 들 것이옵니다."

"알겠다."

의식 준비로 바쁜 하밀리아 대술사는 보고를 올리자마자 게르를 나갔다.

"폐하."

그가 나가자마자 힉스 공작이 입을 열었다.

"카질라 대족장이 원군 요청을 하였사옵니다."

수단과 방법을 가리지 말라고 했더니.

야현이 피식 웃음을 짓는데 초량의 입가에도 그와 같은 미소가 그려졌다.

"……?"

"하밀리아 대술사 역시 마법병단에 그와 같은 요청을 하였사옵니다."

전사의 질을 떠나 외형적으로 카질라 대부족과 시미다 대부족의 힘은 대등하다. 결국 모든 것을 걸고 부딪친다면 이긴다고 하여도 상당한 상처를 입게 되는 것은 자명한 일.

"하밀리아 대술사의 머리에서 나온 꾀이겠지?"

"그럴듯하옵니다."

카질라는 직설적이고 단순한 사내다.

그의 머릿속에서 그러한 간계가 나오지 말란 법도 없지만, 정황상 하밀리아 대술사의 머리에서 나온 것이 틀림없었다.

"나쁘지 않은 생각이기는 한데. 그러면 너무 쉽게 싸움이 끝나겠군."

딱히 좋지도 나쁘지도 않다.

"흠."

깊은 생각이 만들어낸 침음.

"호전적인 부족이니 온전히 굴복시키지 못한다면 반발 또한 끊이지 않을 듯하옵니다."

"그렇겠군."

"지금쯤 전쟁 준비에 돌입했거나 벌써 마쳤을지도 모르옵니다."

다프니 대부족의 말살에 대한 소문은 이미 다크 엘프 왕국 내 부족들에게 퍼졌을 것이다. 당연히 이곳으로 모든 부족의 눈과 귀가 향해 있을 터.

"완벽한 굴복은 어쩔 수 없는 상황이군."

"그렇사옵니다."

"문제는 태족장인데."

야현이 초량을 보며 물었다.

"그가 이 전쟁에서 태족장 직에 올라설 수 있다고 보나?"

"그래도 좋고, 아니어도 좋습니다."

"좋은 생각이 있는 모양이로군."

야현의 말에 초량이 담담한 미소를 드러내며 입을 열었다.

"만약 두 대족장과 대술사 사이에 우위가 정해지지 않았다면 소수 인원으로 모든 것을 건 대전을 열면 되옵니다."

"나쁘지 않은 생각이군."

생각지 않은 방향으로 일이 진행되어가고 있지만, 과정이야 어떻든 원하는 결과만 얻으면 된다.

*   *   *

마천제라고 해서 그다지 특별한 것은 없었다.

부족 중심에 자리한 거대한 나무, 마계수 아래 만들어진 석단에서 대술사의 주도로 의미를 알 수 없는 의식이 지루하게 치러진 것이다.

다만 다크 엘프 일족답게 제단에 올려진 제물은 혈향을 짙게 담고 있었다.

지루한 낮과 달리 밤은 광란, 그 자체였다.

모닥불마다 고기가 구워졌고, 넘치는 술이 더해졌다.

술은 분위기를 한껏 달아오르게 하였고, 이성이 흐려지고 감정이 가득해지자 여기저기서 남녀가 뒤엉켜 질퍽한

정사가 이뤄졌다.

마치 이날들이 지나가면 세계가 멸망이라도 할 것처럼 다크 엘프들은 오로지 핏물이 가시지 않은 고기와 술로 배를 채웠고, 둘이 때로는 여럿이 정사를 치렀다.

야만적이라 느꼈는지 뱀파이어들은 그 광경을 탐탁지 않게 바라보았지만, 야현은 조금 달랐다.

이런 말이 어울릴지 모르겠지만, 나름 순수하다 느꼈던 것이다.

어찌 되었든 광란의 사흘이 지나고.

나흘이 되는 날.

석단 위에서 카질라가 대족장을 상징하는 몬스터 뼈에 장식을 더한 관을 쓰고, 한눈에도 화려해 보이는 곡도를 마계수 앞에서 들어올림으로써 대족장에 추대되었다.

원래라면 여기서 마천제의 의식이 끝나지만 지금은 아니었다.

주술사로 보이는 이가 야현에게로 다가와 공손히 허리를 숙였다.

"마단으로 오르시지요."

제단을 마단이라 부르는 모양이었다.

팟.

야현은 가벼운 동작으로 훌쩍 몸을 날려 석단 위에 올라섰다.

뭔가 멋들어지게 의식을 치르려던 하밀리아 대술사는 심드렁한 야현의 표정에 카질라 대족장에게 빠르게 눈치를 주고 뒤로 빠졌다.

카질라 대족장은 한쪽 무릎을 꿇으며 대족장을 상징하는 곡도를 야현의 가슴 언저리로 들어 올렸다. 대족장을 상징하는 검을 바침으로써 주군으로 모시겠다는 뜻이었다.

야현은 수많은 시선에 곡도에서 눈을 떼고 마계수 앞 광장에 빼곡하게 서서 이쪽을 주시하고 있는 카질라 대부족 다크 엘프들을 쳐다보았다.

그들에게서 어떠한 분위기가 느껴졌다.

대놓고 말하지 않아도 느낄 수 있다.

카질라 대부족 다크 엘프들의 시선에는 호기심이나 호의 같은 우호적인 눈빛은 없었다.

여러 감정이 느껴졌지만 가장 큰 감장은 적개심.

카질라 대족장과 하밀리아 대술사의 뜻에 어쩔 수 없이 이 자리에 모였지만 호전적인 종족답게 감정마저 숙이지는 않았던 것이다.

"불쾌해."

"예?"

야현의 중얼거림에 카질라 대족장이 고개를 살짝 들며

반문했다.

"불쾌하군."

야현은 카질라 대족장을 내려다보며 제대로 들을 수 있게 목소리를 조금 키웠다. 당연히 카질라 대족장의 눈매가 두려움에 딱딱하게 굳어졌다.

"그러나 이해해."

야현은 고개를 들어 다시 카질라 대부족 다크 엘프들을 쭉 훑으며 말을 이어갔다.

"이들은 아직 본인의 힘을 보지도 느껴 보지도 못했으니까."

야현은 날카로운 송곳니를 드러내며 시퍼런 웃음을 지었다.

"폐, 폐하."

카질라 대족장의 얼굴이 창백하게 바뀌었다.

"그대의 책을 잡는 것은 아니야."

야현은 여전히 한쪽 무릎을 꿇고 앉아 있는 카질라 대족장의 어깨를 툭툭 치며 광장에 모인 다크 엘프 부족인들 앞으로 뚜벅뚜벅 걸어갔다.

저벅 저벅······.

석단 위 발걸음 소리가 사라졌다. 마치 평지를 걷는 것처럼 야현은 석단과 같은 높이의 허공을 밟아가고 있기 때문이었다.

그리고 마치 계단을 밟듯 야현은 좀 더 높이 날아올랐다.

야현은 발아래로 자신을 올려다보는 다크 엘프 부족인들을 보며 차갑게 웃었다.

시선들 속에 간혹 두려움이 느껴졌지만, 확실히 적의가 더 컸다.

"재밌어."

야현은 입술을 혀로 핥으며 내력을 끌어올렸다.

내력은 어둠의 기운을 광폭하게 만들었다.

질식할 것만 같은 무거운 기세가 광장을 뒤덮기 시작했다.

스르릉!

누군가가 곡도를 뽑은 것인가?

아니다.

스르릉, 스르르르릉!

다크 엘프들의 허리와 등에 찬 수천 자루의 곡도가 시간적 오차 없이 일제히 뽑혔다.

뽑힌 곡도는 중력을 거스르고 하늘 위로 솟구쳐 올랐다.

"홋!"

하늘을 꿰뚫을 것처럼 치솟던 곡도가 야현의 조소와 함

께 멈추더니 아래로 떨어지기 시작했다. 하지만 힘없이 아래로 떨어지는 것이 아니었다.

마치 하늘에서 있는 힘껏 내리꽂은 듯 더욱 속도를 더해 매섭게 떨어졌다.

쐐애애애액!

날카로운 곡도가 만들어낸 소나기.

"허억!"

"꺄악!"

곡도는 어느 하나 빠짐없이 다크 엘프 부족원들의 머리 위로 내리꽂히자 광장은 단숨에 아수라장으로 바뀌었다.

다크 엘프 부족원들이 칼날을 피하고자 이래저래 피하는 것과 동시에 소나기처럼 떨어지던 곡도들도 방향을 틀어 그들의 머리를 노렸다.

"아아악!"

"흐헙!"

죽음을 예상한 수천 명의 비명이 동시에 터졌다.

그리고 찾아온 정적.

비명 뒤에 단말마도 없었고, 고통에 찬 신음도 없었다.

말 그대로 무음(無音).

아무런 소음도 없었다.

그렇게 얼마의 시간이 흘렀고.

"히익!"

정적을 깬 기겁성이 여기저기서 터져 나왔다.

이유는 눈앞, 정확히는 미간 사이를 겨누고 있는 자신의 곡도 때문이었다.

곡도를 눈앞에 둔 한 다크 엘프 전사의 이마에서 식은땀이 주르르 흘러내렸다.

미간을 겨누고 있는 곡도는 그저 허공에 떠 있을 뿐이었다.

빠르게 몸을 피하면 저 칼날의 위협에서 벗어날 수 있을 거라 생각했다. 하지만 그는 실행하지 못했다. 한 걸음, 아니 반 걸음만 움직여도 머리에 저 곡도가 틀어박힐 것만 같았기 때문이었다.

수천 명의 다크 엘프 부족원들은 눈앞에서 날카롭게 번뜩이는 곡도에 마치 석상처럼 굳어 있었다.

고요함 속에 긴장감이 가득한 숨소리만 광장을 옅게 덮고 있었다.

스으윽!

곡도가 움직였다.

천천히 눈앞에서 떠올라 다크 엘프 부족원 머리 위로 움직였다.

그리고 천천히 그들의 머리로 내려갔다.

곡도에 눌린 다크 엘프 부족원들은 의도치 않게 무릎을 꿇게 되었다.

스으으— 척!

곡도는 조금 전과 달리 나비처럼 너풀너풀 날아 그들의 칼집으로 돌아갔다.

"흐음."

야현은 무릎을 꿇고 있는 카질라 부족원들을 내려다보며 턱을 매만졌다.

여전히 마음에 안 들었다.

쿵!

야현은 염력으로 무릎을 꿇고 있는 그들의 몸을 내리눌렀다.

"큭!"

미약한 신음과 함께 그들의 머리가 바닥에 내려 찍혔다.

오체투지의 모습들.

"이제야 보기 좋군."

그제야 야현의 입가에 미소가 지어졌다.

"명심해."

야현은 허공에서 그들을 내려다보며 입을 열었다.

몇몇은 자리에서 일어나려 발버둥을 쳤지만, 수톤 무게의 바위에라도 깔린 듯 그들은 일어날 수 없었다.

"그대들은 본인의 백성이며, 본인은 그대들의 황제입니다."

야현은 잠시 말을 끊었다가 이었다.

"지금의 그 모습, 앞으로 본인을 대할 때 취해야 할 그대들의 모습입니다. 명심하세요, 무례함은 이번 한 번뿐이라는 것을."

야현은 다시 제단 위로 섰다.

딱.

야현이 손가락을 튕겨 멍하니 서 있는 카질라 대족장의 정신을 깨웠다.

"뭐 하나?"

야현이 카질라의 손에 들린 화려한 곡도를 눈으로 가리켰다.

그제야 정신을 차린 카질라는 다시 자세를 잡고 경건하게 야현에게 곡도를 바쳤다.

야현은 곡도를 받으며 여전히 바닥에 엎드려 있는 카질라 대부족 부족원들을 쳐다보았다.

스르—

수천 자루의 곡도가 칼집에서 반쯤 뽑혔다.

그리고 광장을 뒤덮은 광폭한 살기.

"야누스 황제 폐하! 만세, 만세, 만세!"

눈치 빠른 하밀리아 대술사가 바닥에 엎드리며 만세 삼창을 했다.

"야누스 황제 폐하!"

"야누스 황제 폐하!"

"만세, 만세, 만세!"

"만세, 만세, 만세!"

그것을 시작으로 카질라 대부족 부족원들은 만세 삼창을 울부짖듯 내질렀다.

'진심이란 참으로 좋은 것이야.'

마음을 다해 울부짖은 그들의 모습에 야현의 입가에 미소가 지어졌다.

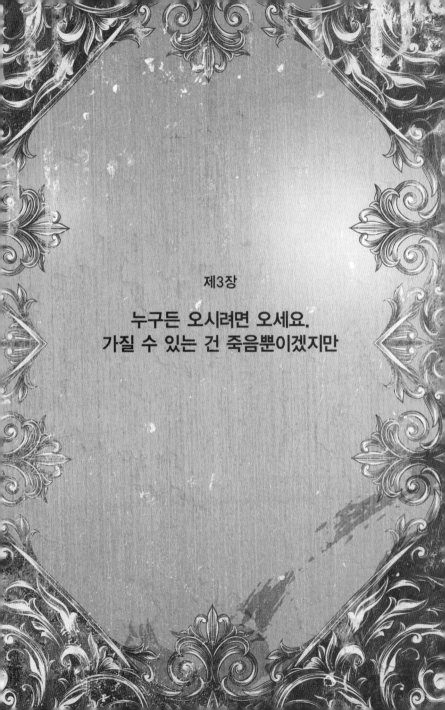

제3장

누구든 오시려면 오세요,
가질 수 있는 건 죽음뿐이겠지만

전장으로 향하는 일만 명의 다크 엘프 전사들이 선두에
선 야현을 바라보고 있었다.

스물스물 떠오르는 어제의 기억.

항명의 항 자를 입 밖으로 내뱉기는커녕 머릿속에 떠올
리지도 못했을 만큼 충격과 공포의 시간이었다.

그들에게 야현은 거역할 수 없는 공포의 대상이다.

야현을 떠올리는 것만으로도 무섭다.

그런데 그 무서움이, 전장으로 향하는 지금 더할 나위
없이 든든하다.

다크 엘프 전사들에게 전장에서 죽는 것, 달리 전장의

죽음이라 부르는 그것은 또 하나의 영광이다.

죽음을 두려워하지는 않는다.

두려워하지 않는다 하여 아무렇게나 목숨을 내던진다는 것은 아니다.

무의미한 죽음보다야 전장에서의 명예로운 죽음을 바란다는 것이지 다크 엘프 전사들도 목숨의 중함을 잘 알고 있었다.

명예로운 전장의 죽음도 좋지만, 그보다 좋은 것은 전장에서 살아남아 승자의 권리를 쟁취하며 만끽하는 게 아니겠는가.

어제 보여줬던 야현의 힘.

가히 신의 힘이었다.

자신들처럼 혼을 빌려 와 어설프게 흉내 내는 그러한 아류가 아닌 진짜 신의 힘이다.

야현을 바라보는 다크 엘프 전사들의 눈에 공포와 함께 맹목적인 숭배가 이질적으로 뒤섞여 떠올랐다.

"사기가 하늘을 찌릅니다. 대족장."

"그렇군."

카질라는 가장 앞에서 팬텀 홀스를 타고 나아가고 있는 야현의 뒷모습을 보며 고개를 끄덕였다.

하긴 어제 마천제 중 마지막 사대 의식에서 보여준 야현의 힘은 자신이 상상할 수 있는 범위의 것이 아니었다.

다시금 강렬히 공포가 각인되었다.

그 각인은 세상 무엇보다도 든든한 방패가 되었고.

카질라 대족장은 고개를 돌려 다크 엘프 전사들을 쳐다보았다.

그들도 자신이 느끼는 이 감정을 느끼고 있을 것이다.

그러니 사기가 하늘을 찌르는 것일 테고.

더욱이.

카질라 대족장은 다크 엘프 전사 양옆으로 함께 진군하는 뱀파이어 전사들을 쳐다보았다.

그러다 좌군을 맡고 있는 힉스 공작과 눈이 마주쳤다.

힉스 공작이 미소를 지어 주었다.

카질라 대족장은 그 미소에 미소로 화답하며 어젯밤 기억을 떠올렸다.

쪼르르르.

"카질라 대족장."

"말씀하시지요."

카질라 대족장은 힉스 공작이 따라주는 술을 받았다.

"말씀 편히 하시게."

힉스 공작의 말에 카질라 대족장은 잔을 입으로 가져가

다 말고 멈췄다.

"카질라 대족장께서는 다크 엘프 왕국, 아니 공국인가? 어찌 되었든 공왕이 되실 분 아니시오. 아니 그렇소?"

힉스 공작의 말에 잔을 든 카질라 대족장의 손이 미세하게 떨렸다.

제국의 공작, 그리고 공왕.

표면적 서열은 공왕이 공작보다 앞서겠지만, 실질적 서열과 힘은 제국의 공작이 더 높고 크다.

"그리 생각해 주시니 고맙소이다."

카질라 대족장은 단숨에 술잔을 비우며 말했다.

"내가 왜 대족장을 부른 것인지 아시오?"

"모르오."

힉스 공작은 카질라 대족장의 원군 요청을 이미 받아들였다. 그런데도 왜 자신을 만나자고 한 것인지, 카질라 대족장으로서는 알 수가 없었다.

"공왕이 될 자신이 있으시오?"

공왕이 될 거라더니 이번에는 될 자신이 있냐고 묻는다.

"······."

카질라 대족장은 굳은 눈으로 힉스 공작을 쳐다보았다.

"아, 공왕이 아니라 태족장인가? 뭐 어찌 되었든."

카질라 대족장은 힉스 공작의 장난기 섞인 듯한 말에 딱

딱한 얼굴로 그를 노려볼 뿐이었다.

힉스 공작은 웃음을 지우며 가까이 귀를 가져오라는 뜻으로 손을 까딱였다.

카질라 대족장이 좀 더 가까이 다가가 앉자 힉스 공작은 낮은 목소리로 입을 열었다.

"내 대족장께 일러 줄 말이 있소."

"……?"

"시미다 대부족. 확실히 손에 넣을 자신이 있소?"

"무슨 수를 써서든."

"우리 솔직해집시다. 그래야 이야기가 진행될 거 아니오."

힉스 공작의 말에 카질라 대족장이 입술을 질끈 깨물었다.

"내 생각은 이렇소. 시미다 부족과의 전쟁에서 이겨도 얻을 수 있는 건 그다지 크지 않을 것이오. 왜냐하면 시미다 대족장을 비롯해 대전사들이 상당한 반골이기 때문이지. 내가 들은 게 맞는다면 말이오."

"그렇소."

카질라 대족장은 고개를 끄덕였다.

"그들의 목을 베는 데 우리의 손을 빌려 봐야 결과는 좋지 않을 것이고, 힘으로 꺾자니 어렵고."

힉스 공작은 이 말이 재미있는지 몰라도 카질라 대족장
은 아니었다.

"그래서 원하는 대답이 뭐요?"

"대족장이 태족장이자 공왕이 되는 길."

힉스 공작의 웃음에 카질라 대족장은 다시 입을 닫았다.
그렇다고 굳은 눈매가 풀어진 것은 아니었다.

"폐하의 성정을 본인은 잘 아오."

이제 힉스 공작이 말하고자 하는 본론이 나왔다.

"강한 수하를 좋아하지요. 아마도 폐하는 전쟁은 카질라
부족이 이겨도 진정한 승부를 원하실 거요."

"진정한 승부?"

"그렇다고 피를 많이 볼 수 없을 터이니……. 아마도 소
수의 대전을 통해 태족장을 뽑지 않을까 합니다."

카질라 대족장의 눈동자가 흔들렸다.

허나 그것도 잠시.

"이길 수 있소. 나 역시 이 부족의 가장 강한 대전사였기
에."

"으음."

힉스 공작이 고개를 저었다.

"카질라 대족장은 아직 정치를 모르오. 그건 다스리는
이들의 사고가 아니오."

"……?"

"쉬운 길이 있는데 어렵게 갈 필요가 없지요."

힉스 공작의 말에 카질라 대족장은 눈가를 찌푸리면서도 그의 말에 귀를 기울이고 있었다.

"본 작이 조금 전에 말했소. 주군은 강한 수하를 거두는 것을 좋아한다고."

"……?"

여전히 이해하지 못하는 카질라 대족장의 표정에.

"허허허. 정말 대족장께서는 정치를 좀 더 배워야겠소."

힉스 공작이 웃음과 함께 말을 이었다.

"전쟁이 이기는 순간 폐하께 청을 드리시오. 시미다 대부족장의 무력이 아까우니 곁에 두고 쓰시라고."

"……!"

"승자로서의 아량과 더불어 위엄도 살고, 더불어 권력도 쥐고."

"만약 그가 반발하면?"

"그러면 죽겠지요. 폐하의 손에."

카질라 대족장은 고개를 끄덕이며 언뜻 미소를 드러냈다.

"그렇구려."

"무슨 좋은 일 있으십니까?"

어느 대전사의 목소리에 카질라 대족장은 상념에서 깨어났다.

"아니다."

카질라 대족장은 주먹을 움켜쥐며 걸음에 더욱 힘을 실었다.

*   *   *

서방 대륙 서남쪽에 위치한 룸베르트 반도.

크지 않은 자그만 반도에 제국이 있었다.

나라 크기도, 인구 수도 자그만 소국보다도 작다.

어지간한 강대한 왕국의 공작령보다도 작을 정도였다.

그럼에도 엄연한 제국이었고, 대륙의 어느 왕국도 제국이라는 호칭에 이의를 제기하지 않는 이상한 나라.

신성 제국.

그 중심 교황청.

"교황 성하."

얼굴에 주름이 가득한 추기경이 새하얀 사제복을 입고 주신을 향해 기도를 올리고 있는 교황에게 다가가 공손히 허리를 숙여 예를 올렸다.

그 부름에도 교황은 여전히 눈을 감고 기도를 멈추지 않고 있었다. 그리고 그 모습에도 추기경은 교황을 더 부르지 않고 옆에서 조용히 서 있을 뿐이었다.

한참의 시간이 흐르고.

교황이 조용히 눈을 떴다.

"오셨는가?"

"예, 교황 성하."

교황은 집무용 탁자에 앉으며 반대편 의자를 손으로 가리켰다.

"앉으시게."

둘이 마주 앉고.

"그래, 무슨 일이 있기에 찾아오셨는가?"

교황은 좀처럼 모습을 드러내지 않는 추기경을 보며 물었다.

"어둠의 종자들의 움직임이 심상치 않습니다."

"어둠의 종자들?"

인자함이 가득한 교황의 눈가가 매섭게 변했다.

"정확한 바는 알 수 없지만 무언가 급변하고 있는 것은 확실하옵니다."

교황은 눈앞에 앉아 있는 추기경을 바라보았다.

케리안 추기경.

대외적으로는 평의원 의원이었지만 내부적으로는 신성 제국 대외 정보를 담당하는 정보국 국장이었다.

"하여 은자의 땅에서 아이들을 어둠의 땅으로 보낼까 하옵니다."

은자의 땅.

수도원.

케리안 추기경이 암어로 거론한 수도원은 그저 흔한 수도원이 아니었다.

세속과 완벽히 단절된 수도원에는 신성력을 바탕으로 거룩한 주신의 찬란한 길을 걷지 못하는 은자(隱者)들이 있다.

어둠의 몽크.

세상은 그런 이들을 어째신이라 한다.

그러나 그들은 스스로를 주신의 화염이라 부른다.

주신의 뜻에 따라 스스로 불덩이를 등에 이고 한 줌의 재가 되어 그의 품으로 돌아가는, 미천한 아이들이라는 뜻이었다.

"피가 많이 흐르겠어."

안타까운 교황의 목소리.

"고귀한 희생입니다. 성하."

"허락하네."

교황의 말에 케리안 추기경이 자리에서 일어났다.

* * *

스으윽!

나뭇잎들이 비벼지며 만들어낸 바람 소리와 함께 다크 엘프 전사들이 모습을 드러냈다.

"훗."

야현은 팬텀 홀스의 말고삐를 당겨 세우며 정면을 쳐다보았다.

이곳에서 시미다 대부족까지 거리는 대략 하루, 그들의 삶의 터전인 영지 내에서 싸울 게 아니라면 슬슬 조우할 거라 여겨지던 지점이었다.

"제법 기세가 만만치 않군."

멸족한 다프니 대부족, 그리고 굴복한 스펜다미 대부족. 그들의 소식을 들었을 텐데도 막아선 시미다 대부족 전사들의 기세는 날카롭고 거셌다.

"힉스 공작."

"예, 폐하."

"보기보다 쉽지 않겠어."

"그래 봐야 바람 앞에 촛불 아니겠나이까?"

그 말에 야현이 힉스 공작을 빤히 쳐다보며 무거운 목소리로 그를 불렀다.

"힉스 공작."

"……예, 폐하."

"사자는 토끼를 잡을 때에도 전력을 다한다고 한다. 무슨 말인지 알겠나?"

"소신, 생각이 짧았사옵니다."

힉스 공작은 재빨리 허리를 숙이며 군례로 죄를 청했다.

"모든 힘을 다해 적을 꺾겠사옵니다."

"그대를 믿지."

야현은 말고삐를 당겨 전열에서 벗어나 외곽으로 향했다.

그에 따라 헤크 공작의 우군도 전열 뒤로 빠져 후방에서 다시 대열을 짰다.

"전군, 방패!"

이어진 힉스 공작의 명을 카플러스 나이트 문 병단장이 이어받아 크게 소리쳤다.

그러자 좌군 후방에 자리하고 있던 나이트 문 병단 소속 병사들이 앞으로 튀어 나와 방패로 스크럼을 촘촘하게 짰다.

그 뒤로 좌군 기사단이 자리를 잡았고, 다시 그 뒤 3열에 카질라 대부족 다크 엘프 전사들이 대열을 만들었다.

팍! 파파파팍!

아니나 다를까 수백 발의 화살이 날아와 나이트 문 병단 병사들의 방패에 꽂혔다.

"쏴라! 대응 화살을 날려라!"

카질라 대족장의 명에 다크 엘프 전사 중 궁수들은 방패 뒤에서 혹은 나무를 방패 삼아 시미다 대부족을 향해 활을 날리기 시작했다.

카질라 대부족은 나이트 문 병단의 방패에 완벽히 숨어 들었고, 시미다 대부족은 지형적 이점을 완벽히 살리다 보니 싸움은 그저 화살만 오가며 지지부진하게 흐르고 있었다.

하지만 지지부진한 진행에도 싸움의 분위기는 지루하지 않았다.

폭풍전야처럼 살기는 점점 더 고조되어 가고 있었다.

어느 순간 화살은 멈출 것이고, 그 시점으로 숲에 수많은 피가 뿌려질 것이다.

'음?'

팬텀 홀스 위에서 전장을 바라보던 야현은 이질적인 파동에 적진으로 눈을 돌렸다. 그리고 두 눈을 부릅뜨고 이질적인 파장이 시작되는 곳을 바라보며 권능을 발현시켰다.

천리안.

주변의 시야가 확대되며 어둠 속에 몸을 숨기고 있는 몇
몇 인물들이 보였다.

그들은 짙은 회색의 로브를 입고 오른손에는 고목의 가
지로 보이는 지팡이를, 왼손에는 얇은 은빛 쇠사슬을 칭칭
감고 있었다.

언뜻 마법사인가 싶었지만 아니었다.

오크 나무.

그리고 신비로운 금속, 오르하콘.

"후후후후."

야현의 입술이 갈라지며 음산한 웃음이 흘러나왔다.

음침하기로는 뱀파이어보다도 더 음침한 자.

드루이드였다.

그들의 성향이 어둠과 어울릴 정도는 아니지만 미신을
섬기는 이들이라 하여 신성 제국과, 또 후계이거나 혹은
방계의 존재들인 마법사들의 오랜 핍박으로 음지로 숨어들
다 보니 자연스레 어둠에 동화된 것이었다.

"이런 곳에서 보게 될 줄은 몰랐군."

야현의 눈에 가벼운 흥분이 담겼다.

워낙 은밀한 자들이기에 야현도 그들을 직접적으로 본

적은 처음인 까닭이었다.

"주군의 이목을 잡는 이들이 있으십니까?"

베라칸이 달라진 야현의 표정에 옆으로 바싹 붙으며 물었다.

"드루이드."

야현은 그들에게서 눈을 떼지 않은 채 대답했다.

"본 적 있나?"

"없습니다."

하긴 어린 시절을 제외하고는 평생을 자신과 함께하고 있으니 물어보나 마나 한 질문이었다.

"헤크 공작은?"

"몇 번 본 적은 있사오나 전장에서 마주한 것은 처음이옵니다."

"그래?"

마법사들은 용납하지 못하지만 드루이드는 마법사의 원류라 불리며, 태고의 힘을 이어받은 자들이라 한다. 주신이 아닌 영(靈)을 믿기에 신성 제국에서도 배척을 받는 이들이 바로 드루이드였다.

"그 힘이 어느 정도일지."

……!

오가는 화살의 수가 줄어드는가 싶더니 어느 순간 화살이 멈췄다.

그리고 짧은 침묵.

더 이상 무의미한 화살 공방은 없다 판단한 양 진영은 본격적인 전쟁의 서막을 터트렸다.

"공격하라!"

"쳐라!"

카질라 대족장과 시미다 대족장은 경쟁하듯 명을 내렸고,

"우! 우우우! 우우우우!"

"우! 우우우! 우우우우!"

"우! 우우우! 우우우우!"

다크 엘프 전사들은 기다렸다는 듯 특유의 울림으로 전장의 분위기를 고조시키며 느릿느릿한 걸음으로 적진을 향해 걸어 나갔다.

"(&$%*&)(*)(&&*%^$%#^%^&%*^&(."

"(&$%*&)(*)(&&*%^$%#^%^&%*^&(."

"(&$%*&)(*)(&&*%^$%#^%^&%*^&(."

양 진형 후미에서 주술사들의 기이한 목소리가 마치 한 사람의 것인 양 흘러나왔다.

마계 전사의 혼을 빌어 오는 강림술이 숲을 가득 채웠

다.

그 순간 또 다른 목소리가 전장에 끼어들었다.

"후우─, 우어어어어어!"

"후우─, 우어어어어어!"

시미다 대부족 후미에 자리하고 있던 다섯 명의 드루이드가 오크 나무를 땅에 박고 은빛 쇠사슬을 흔들며 묘한 기운을 사방으로 퍼트리고 있었던 것이다.

"흠?"

드루이드가 만들어낸 음의 파장은 다크 엘프 주술사들의 강림술과 비슷하면서도 달랐다.

"드루이드의 전투 의식인 거 같습니다."

"……?"

야현의 궁금함이 담긴 눈빛에 헤크 공작은 부연을 덧붙였다.

"마법, 아니 드루이드 주술로 전장에 선 전사들의 사기를 북돋아 주는 의식입니다. 그 의식을 통해 전사들은 난폭한 광전사가 되옵니다."

"재미있군."

"더 재미있는 것은 금지된 그들의 의식은 버서커 마법 시약과 달리 별다른 부작용이 없다고 알려져 있습니다. 있다 하더라도 크게 부각되지 않을 정도로 미세할 것입니다.”

쾅!

그러는 사이 양 진영이 부딪혔다.

“흠.”

야현의 눈가가 살짝 찌푸려졌다.

카질라 대족장을 도와 힉스 공작의 기사단과 그의 혈족인 로한, 파슈트 후작의 기사단도 투입되었다. 그럼에도 양 진영의 싸움은 우열을 가리기 힘들 정도로 팽팽한 균형을 이루고 있었다.

일당백.

그 이유는 드루이드의 지원을 받은 시미다 대부족 전사들의 거침없는 활약 때문이었다.

팽팽한 균형이 이뤄지고 있다지만 흐름이라는 것이 있다.

상황이 좋지 않다.

“지원하도록······.”

헤크 공작의 말을 야현이 손을 들어 잘랐다.

두두두두두두두!

땅이 울릴 정도로 지축을 울리는 소리가 들려왔다.

이내 어둠의 숲에서 살아가는 짐승 수십 마리가 전장에 모습을 드러냈다.

크르르르!

크허어어엉!

그 수만큼 종류도 다양했다.

특이한 점은 그것들이 몬스터가 즐비한 이 숲에서 나름의 영역을 지키면서도 포식자로서 살아가는 맹수들이라는 것이었다.

문제는 그 맹수들이 평범한 모습이 아니라는 것이다.

극도로 흥분한 것과 달리 마치 군대처럼 질서정연하게 전장을 포위하고 있었다.

"숲이 사랑하는 존재, 과연 드루이드로군."

야현이 팬텀 홀스의 말고삐를 당기며 히죽 웃음을 드러냈다. 드루이드를 바라보는 야현의 눈에 강한 욕망이 깃든 것은 당연한 일이었다.

"어디 한번 놀아볼까?"

야현은 팬텀 홀스의 배를 발로 차며 앞으로 튀어 나갔다. 그 뒤로 베라칸과 적랑 기사단이 전장으로 달려나갔다.

제4장

흐음! 이곳이군요.
그대들의 은거지가

크르르르르!

전장으로 향하던 짐승의 울음이 한곳으로 집중되었다.

투벅 투벅 투벅.

피비린내 나는 전장 속에 야현은 홀로 산보 나온 것처럼 여유롭게 팬텀 홀스를 몰고 있었다.

크르르르르르, 크허어엉!

팬텀 홀스를 탄 야현이 좀 더 가까이 다가가자 숨 막히는 긴장을 이기지 못한 짐승들이 울음을 터트렸다.

"흠."

야현은 허리를 앞으로 가져가 짐승들의 눈을 바라보았

다.

일반적인 짐승들의 눈빛과는 달랐다.

광기에 물든 붉은 눈동자.

그리고 짐승의 몸에서는 흘러나올 수 없는 살기 강한 투기까지.

"숲의 축복이라고 합니다."

베라칸이 야현의 호기심에 응답했다.

"숲의 축복이라."

야현은 '숲'이라는 단어에 드루이드들을 보았고, '축복'에 짐승들을 보았다.

"재미난 언어유희군."

야현은 팬텀 홀스를 어둠으로 돌려보내며 땅에 내려섰다.

그리고 짐승들에게로 좀 더 다가갔다.

크하아앙!

야현의 눈과 마주친, 가장 앞에 있던 퓨마가 흥분을 이기지 못하고 야현에게로 달려들었다.

쾅!

야현은 날 듯이 달려들며 휘두르는 재규어의 묵직한 앞발을 팔로 막았다.

묵직한 파음과 함께 야현의 신형이 옆으로 주르르 밀려

났다.

그리고 그 앞발에 어깨에서 내려오는 옷이 찢어졌고, 갈라진 상처에 검은 피가 맺혔다.

야현은 팔뚝에 맺힌 피를 혀로 핥으며 붉은 눈을 번뜩이는 재규어를 바라보았다. 그리고 사랑스럽다는 듯 미소를 지었다.

"마음에 들어."

야현이 재규어를 향해 걸음을 내딛자 재규어는 몸을 더욱 낮추며 다시 으르렁 울음을 내뱉었다.

그 순간 야현의 눈동자에서도 붉은 안광이 폭사되었다.

그 안광은 재규어의 눈을 관통했고,

끼이잉!

재규어는 갑자기 야현의 다리와 몸통에 머리를 비비며 애교를 떨기 시작했다.

"귀여운 녀석."

야현은 재규어의 머리를 쓰다듬으며 다른 팔로 목을 감쌌다.

콰득!

단숨에 재규어의 목을 부러트린 것이다.

단말마도 내지르지 못하고 죽은 재규어의 몸이 바닥으로 축 늘어졌다.

그 순간.

"큭!"

미세한 신음.

야현은 빠르게 그 주인을 찾았다.

어느새 모인 다섯 명의 드루이드 중 제법 젊은 축에 드는 한 드루이드가 비틀거리는 모습이 눈에 들어왔다.

"과연 숲의 정령인가?"

드루이드의 또 다른 별명.

숲의 정령.

숲에 사는 것이라면 그 어떤 미물에라도 의지와 힘을 줄 힘을 가졌기에 그리 불리는 것이다.

촤라라락!

갑자기 땅에서 채찍처럼 나무뿌리가 튀어나와 야현의 팔과 다리를 휘감았다. 동시에 수십 마리의 짐승이 야현에게로 달려들었다.

짐승들이 야현을 덮치기 전.

"크하아아앙!"

야현의 날카로운 송곳니 사이로 광폭한 포효가 터졌다.

권능, 지배.

숲을 뒤흔드는 그 울음에 오로지 투기만 세우던 짐승들의 눈이 뒤집어졌고, 꼬리를 말았다.

끼이잉.

끼이이이이.

몇몇 짐승들은 땅에 머리를 박고 발발 떨었고, 몇몇 짐승들은 허연 거품을 물며 기절했으며, 몇몇은 그대로 바닥으로 주저앉아 오줌을 지렸다.

그와 더불어.

털썩.

두 명의 드루이드가 충격을 받은 듯 땅에 주저앉았고, 다른 두 명은 비틀거렸다.

중앙에 있던 얼굴을 보이지 않은 드루이드 한 명만이 자리를 지키고 서 있을 뿐이었다. 하지만 로브 사이로 언뜻 드러난 입술에서 가는 피가 턱으로 흘러내리고 있었다.

푸득, 콰드득!

야현은 양팔과 다리를 포박한 나무뿌리를 단숨에 뜯어내며 드루이드들에게 걸어가다가 말고 걸음을 멈췄다.

전장이라면 들려야 할 살육의 소리가 들리지 않고 있다는 사실을 깨달았기 때문이었다.

"음?"

악착같이 서로 죽이려 하던 두 다크 엘프 대부족이었다. 그런데 그들이 멀뚱멀뚱, 아니 조금은 겁에 질린 눈으로 야현을 쳐다보고 있었던 것이다.

"안 싸우나요?"

야현의 말에 다크 엘프 전사들은 화들짝 다시 곡도를 들었지만 이미 전의를 상실한 터라, 우스꽝스럽게 앞에 서 있는 적과 몇 번 부딪히고는 이내 손을 내렸다.

흥을 잃어버렸다거나 한 것은 아니었다.

다만 압도적인 기운에 눌려 버린 것이다.

마치 사자 앞에서 양 떼가 서로 맞부딪힌 느낌이랄까.

부족의 번영을 위한 치열한 싸움이건만, 야현의 압도적인 신위를 보자 이러한 싸움은 의미가 없다는 생각이 든 것이었다.

하지만 모두가 그러한 것은 아니었다.

이 싸움에 모든 것을 건 두 다크 엘프이자 부족을 이끌어 가는 대족장, 카질라와 시미다는 여전히 전의를 불태우고 있었다.

또한 부족 내 최고의 권력을 손에 쥔 대전사들도 그런 두 대족장을 지척에서 돕고 있었다.

시미다 대족장은 빠르게 상황을 살폈다.

그런 그의 눈에 드루이드와 대치하고 있는 야현이 들어왔다.

야현.

저자만 죽이면 이 싸움에서 이길 수 있다, 라는 생각이 머리를 지배했다.

욕망이 조금 전의 공포를 깡그리 지워버린 것이었다.

"저자를 죽여라!"

시미다 대족장이 대전사와 함께 빠르게 야현을 에워 감쌌다.

대전사들도 시미다 대족장과 매한가지로 눈이 욕망에 가득 차 번들거리고 있었다.

"욕망은 참으로 좋은 것이지요. 달콤한 게 종종 한계를 뛰어넘는 힘을 주기도 하거든요."

야현은 고개를 돌려 시미다 대족장을 향해 걸음을 옮기며 조용히 속삭이듯 말했다. 그러나 야현의 걸음이 다가올수록 그들의 얼굴에서는 핏기가 사라지고 있었다.

"욕망에는 달콤함과 동시에 지독한 독도 함께 들어있죠. 문제는 너무나도 달콤해서 독을 잊어버린다는 겁니다."

야현은 고개를 돌려 힉스 공작과 카질라 대족장을 지그시 바라보았다.

그 눈빛에 힉스 공작과 카질라 대족장은 무언가 찔리는 것이 있는지 흠칫거리며 시선을 피했다.

야현은 피식 웃음을 입가에 담으며 다시 시미다 대족장을 바라보았다.

"음?"

돌연 공간을 찢는 파동에 야현이 빠르게 고개를 돌렸다.

찢어진 공간의 틈으로 드루이드들이 어디론가 몸을 피하고 있는 모습이 눈에 들어왔다.

"크크크크."

야현은 시미다 대족장의 뺨을 툭 두들기며 몸을 다시 그들에게로 돌렸다.

"나머지 이야기는 다녀와서 합시다."

야현은 드루이드들이 모습을 감추고 서서히 지워지는 갈라진 공간을 바라보았다. 동시에 야현의 신형이 사라졌고, 바로 점차 사라져 가는 찢어진 공간 앞에 모습을 드러냈다.

어느새 지워져 가는 찢어진 공간의 크기는 손바닥만 해져 있었다.

"훗."

야현은 광소를 머금으며 빠르게 작아져 가는 공간으로 손을 내밀었다. 이어 다른 손도 공간에 밀어 넣었다.

촤아아아악!

마치 가죽이 찢어지는 듯한 소리와 함께 공간이 강제로 찢기며 크기가 커졌다.

얼굴 크기보다 좀 더 커진 찢어진 공간 너머로 조금 전 도망을 치던 드루이드들의 모습이 눈에 들어왔다.

"어, 어떻게?"

놀란 나머지 두 눈을 화등잔처럼 뜬 한 드루이드가 입을 열었지만 심하게 말을 더듬은 것도 모자라 말을 끝까지 잇지도 못했다.

"호오! 이곳이 드루이드들의 은거지인가요?"

야현은 사라지려고 발버둥치는 찢긴 공간의 틈을 강제로 더욱 크게 찢었다.

"컥!"

한 드루이드가 몸을 바르르 떨더니 이내 정신을 잃고 쓰러졌다. 아마도 이 공간을 찢은 드루이드인 모양이었다.

"크크크크."

야현은 입술을 혀로 핥으며 찢긴 공간으로 넘어갔다.

강제적인 힘이 사라지자 찢긴 공간의 틈도 빠르게 사라졌다.

*　　　*　　　*

치이— 찌지지직!

야현은 공간의 틈새를 강제로 찢으며 새로운 공간에 모습을 드러냈다.

야현이 틈새를 완전히 지나오자 찢긴 틈새가 빠르게 지

워졌다.

야현은 바로 지척에 정신을 잃고 쓰러져 있는 드루이드를 잠시 흘겨보았지만 이내 무심하게 그를 넘어 좀 더 안으로 걸어 들어갔다.

"엘프들의 마을과는 좀 더 다르군."

투박하다 못해 마치 커다란 상자를 내려놓은 것 같은 석조 건물들이 숲 안에 듬성듬성 자리를 잡고 있었다.

흡사 드워프 마을과 비슷하다고 생각될 법도 하지만 사실은 그렇지 않다.

드워프 마을 역시 석조 건물로 지어져 있지만, 면면히 살피면 화려하면서도 상당히 실용적이다.

만약 드워프들이 드루이드의 이 자그만 도시에 발을 디딘다면 그 순간 절규를 내지르지 않을까 싶을 정도로 미적 감각을 완전히 무시하고 필요에 따라 그냥 석조를 올려 건물을 만들었기 때문이었다.

또한 엘프들과 달리 필요하다면 나무쯤이야 쉽사리 베어 버린 흔적이 곳곳에 있었다. 그러면서도 마치 폐허 속 폐가가 연상되게 만드는 넝쿨들을 치우지 않고, 쓸데없이 길을 내지 않는 등 숲을 해하지 않는 것을 보면 숲의 정령이라는 애칭이 그저 만들어진 것은 아니구나 싶기도 했다.

그들의 이중적인 모습이 만들어낸 숲 속 도시는 기묘한

분위기를 내보이고 있었다.

'도시라고 하기에는 작은가?'

그렇다고 마을이라고 하기에는 컸다.

어찌 되었든.

야현은 몇 걸음 내딛지 못하고 멈춰서야 했다.

스으윽!

마치 귀신들처럼 인기척 없이 모습을 드러낸 드루이드들 때문이었다. 그들은 얼굴을 드러내면 곧 죽을 것처럼 하나같이 로브와 이어진 큰 후드에 얼굴을 감추고 있었다.

스스스스슥!

도시 깊은 곳에서 나무뿌리가 뻗어 나와 정신을 잃고 쓰러져 있는 드루이드의 몸을 감싸 데려갔다.

"허락 없이 침입한 자."

노기로 가득 찬 노성(老聲)이 터져 나왔다.

목소리의 주인은 짙은 회색 로브가 아닌 갈색 로브를 입고 있었다. 목소리도 그러했지만, 소매에서 드러난 자글자글한 손등의 주름으로 대략 나이를 짐작할 수 있었다.

"죽음으로 그 죄를 물을 것이다!"

걸걸한 노성이 연이어 터져 나왔다.

"본인은 이미 죽었습니다만?"

야현은 히죽 웃으며 죽었지만 살아가는 자들의 상징인

송곳니를 드러냈다.

"그대는 누군가?"

검은색에 가까운 짙은 녹색 로브를 입은 초로의 노인이 물었다.

유일한 색의 로브.

"그대가 드루이드들의 왕인가요?"

"네 이놈!"

호통이 터져 나왔지만, 녹색 로브의 노인이 삐쩍 마른 손을 들어 말렸다.

"우리에게 왕은 없소이다."

"왕이 없다라, 재미있군요."

"이제 이 노부의 질문에 답을 주시겠소?"

"야현."

"······?"

발음조차 어려운 낯선 이름.

"야누스라고 하면 알아들으려나 모르겠군요."

또 다른 이름에 녹색 로브를 입은 노인의 눈이 부릅떠졌다. 깊은 그림자 속에 폭사된 안광이 언제 그랬냐는 듯 빠르면서도 자연스레 사라졌다.

"그렇구려."

녹색 로브의 노인은 조금 전 정신을 잃은 드루이드가 어디로 갔었는지를 떠올리며 고개를 잠시 주억거렸다.

"흐음!"

"으음!"

뱀파이어의 왕, 야현의 등장에 여기저기서 묵직한 신음들이 터져 나왔다.

그렇지만 분위기마저 무겁게 내려앉지는 않았다.

아무래도 야현은 혼자이고, 자신들은 다수이기 때문이었다.

"크크크."

그러한 분위기를 읽은 야현은 음산한 웃음을 내뱉었다.

"어찌하여 외부의 발길을 거부한 이곳에 온 것이오?"

녹색 로브를 입은 노인이 야현의 웃음을 자르며 물어왔다.

"몰라 묻는 것인가요, 아니면 알면서 묻는 것인가요?"

야현은 다크 엘프 부족 간 전쟁에 참전했던 드루이드들을 잠시 일견한 후 대답했다.

잠시간의 침묵.

"그대들이 본인의 전쟁에 끼어들었지요. 감히! 본인의 전쟁에!"

야현은 차가운 목소리.

"하지만!"

이내 야현은 부드러운 미소를 지었다.

"본인은 관대합니다."

야현은 양팔을 벌려 사방을 바라보며 조용히 말을 이었다.

"넓은 아량을 베풀어 기회를 드리지요. 본인의 군사가 되세요. 그리하면 본인은 그대들을 용서할 것입니다."

침묵이 더욱 무거워졌다.

강요된 침묵이리라.

"제아무리 뱀파이어 왕국의 왕이라 하지만, 정녕 미치지 않고서야!"

갈색 로브의 드루이드가 부들부들 떨리는 손가락으로 야현을 가리키며 소리를 질렀다.

그 고함에 야현의 미소가 사라졌다.

"하아—."

정녕 안타깝다는 듯 야현은 한숨을 내쉬었다.

"세상은 참으로 어리석지요."

야현의 신형이 그 자리에서 사라졌다.

서걱!

시퍼런 칼날이 만들어 낸 은빛 궤적이 갈색 로브 드루이드의 몸을 반으로 갈랐다.

푸학!

피가 사방으로 튀며 바닥에 후드득 떨어졌다.

"피를 봐야만 알게 되니."

측은한 목소리, 그러나 입가에는 음산한 미소가 가득했다.

"이 얼마나 슬픈 일인가? 안 그런가요?"

야현이 녹색 로브를 입은 드루이드, 드루이드들의 지도자를 쳐다보았다.

"건널 수 없는 강을 진정 건널 셈이시오?"

드루이드 지도자는 억눌린 목소리로 물었다.

"흐음."

야현은 드루이드 지도자의 주름진 손등에 돋아난 힘줄을 보며 묘한 신음을 내뱉었다.

"크크크크."

야현은 시선을 조금 더 올려 후드 속에 감춰진 드루이드 지도자의 목덜미를 쳐다보았다.

"아직은 피가 모자란 모양이군요."

야현이 피 묻은 야월을 다시 들어 올렸다.

"숲의 노여움을 알게 하라."

드루이드 지도자는 결국 분노를 참지 아니하였고, 그로 인해 숲이 살기로 들끓기 시작했다.

크르르르르!

크흐으응!

드루이드들 사이, 혹은 뒤에서 조용히 침묵하던 맹수들이 앞으로 나섰다. 그리고 포악한 살기를 더한 울음을 토해냈다.

"참으로 탐나는 능력이란 말이야."

야현은 드루이드 지도자를 쳐다보며 얼굴에 튄 피를 혀로 핥았다. 그러면서 뾰족한 송곳니를 드러냈다.

크허어엉!

황소보다 큰 호랑이 한 마리가 야현을 향해 달려들며 앞발을 휘둘렀다.

야현은 몸을 뒤로 젖히며 어둠 속으로 스며들었다.

그리고 그가 모습을 다시 드러낸 곳은 바로 드루이드 지도자 앞이었다.

쐐애애애액!

야현은 드루이드 지도자의 어깨를 향해 야월을 내려찍었다.

후드드드득!

마치 수십 년의 시간이 단숨에 지나간 듯 야현과 드루이드 지도자 사이의 땅에서 나무 몇 그루가 순식간에 자라 올라 거대한 벽을 만들었다.

콰직!

야현은 나무를 찍어 패 자그만 공간을 만들고 엄청난 내력으로 부숴버렸다.

"진정으로 원하는 게 뭔가?"

나무 장벽 건너 드루이드 지도자가 굳은 눈으로 물었다.

그 물음에 야현이 속삭였다.

"그대의 피. 더불어 드루이드 군대."

"그리는 안 될 것이다!"

드루이드 지도자가 오크 나무 지팡이를 땅에 박자,

후드득, 콰드드드득!

야현 주위로 나무 수십 그루가 자라나기 시작했다.

"그거야 그대의 바람일 뿐. 크크크크크."

　야현은 나무들 사이로 가려지는 드루이드 지도자를 직시하며 다시금 야월을 들어 올렸다.

*　　　*　　　*

　콰광! 콰과과곽!

　야현은 내력을 극상으로 끌어올려 가로막고 서 있는 나무들이 만들어 낸 장벽을 단숨에 부숴 나갔다.

　거대한 나무들은 단숨에 부러지고 잘려 나갔다.

　콰드드드득!

야현이 드루이드 지도자 앞에 다가서자 다시금 거대한 나무들이 솟아올라 야현을 에워 감쌌다.

"크핫!"

야현은 다시 거대한 나무 한 그루를 부쉈다.

"……!"

야현의 눈가가 찌푸려졌다.

지금도 사방에서 시간을 무시하고 자라 오르는 나무들, 언뜻 무질서하게 자라는 듯 보였지만 아니었다.

콰드드, ……!

영원히 이어질 것만 같던 소리가 어느 순간 멈췄다.

그리고 눈앞에 펼쳐진 것은 거대한 나무들이 만들어 낸 미로였다.

피식!

야현은 조소를 터트렸다.

크르르르르.

나무 미로가 만들어 낸 길에서 맹수들이 흉포한 울음을 터트리며 서서히, 그리고 은밀하게 거리를 좁혀 오고 있었다.

"크크크."

야현은 야월을 움켜쥐며 잠시 눈을 감았다.

권능, 투시!

다시 뜬 눈에는 붉은 동공이 확장되어 있었다.

눈앞을 가로막고 있는 나무들이 선만 남기고 지워지고, 지워진 틈으로 새로운 시야가 들어왔다.

"훗."

야현은 나무들을 은신처 삼아 거리를 두고 맹수들을 부리는 드루이드들의 모습에 실소를 머금으며 고개를 들었다. 거대한 나무 위에도 수십 명의 드루이드들이 보였다.

다시 고개를 내렸다.

야현의 입가에 음산한 미소가 지어졌다.

저 멀리 거리를 두고 있는 드루이드 지도자를 찾아낸 것이었다.

크허어엉!

그사이 호랑이 한 마리가 야현의 뒷목을 노리고 덮쳤다.

야현은 몸을 앞으로 숙이는 동시에 반대로 회전하며 야월을 휘둘렀다.

강기를 담은 원의 궤적.

서걱!

호랑이의 몸이 단숨에 갈라지며 붉은 핏물이 야현의 얼굴에 쏟아졌다.

피를 좋아하지만, 뒤집어쓰는 건 사양하고 싶은 터.

야현은 또 다른 권능, 염력으로 피를 밀어내며 다시 몸을 틀었다.

스으윽.

그리고 나뭇잎이 만든 어둠으로 스며들었다.

권능, 어둠의 이동.

야현은 어둠에서 어둠으로 몸을 옮겨 드루이드 지도자 앞에 모습을 드러냈다.

씨익!

야현이 비릿한 웃음을 지으며 드루이드 지도자를 향해 야월을 내리그었다.

사각!

노구답지 않게 드루이드 지도자는 빠르게 야현의 야월을 피해 뒤로 물러났다.

하지만 완전히 피하지는 못한 듯 로브와 함께 살갗이 베이며 핏방울이 튀었다.

바닥으로 떨어지던 핏방울이 어느 순간 허공에 멈췄고, 몇 방울의 피는 허공에서 송글송글 뭉쳐 야현에게로 다가왔다.

야현은 새끼손가락 마디보다 조금 작은 피를 머금으며 혀로 입 안을 굴렸다.

"흠."

단편적인 무언가가 야현의 머릿속에 떠올랐지만 정확한

무엇을 읽기에는 피의 양이 부족했다.

"더 마시고 싶어."

야현은 목이 타는 듯 입술을 핥으며 드루이드 지도자를 향해 걸음을 내디뎠다.

손에 든 야월은 다시 아공간으로 넣었다.

검에 흩어지는 피조차 아까운 까닭이었다.

팟!

야현이 다시 드루이드 지도자를 향해 몸을 날렸지만 이내 그를 막아서는 무언가가 있었다.

드드드득!

땅거죽이 찢어지고 거대한 돌기둥이 솟아난 것이었다.

'나무에 이어 돌이라. 재미있군.'

마법과는 또 다른 마법.

야현은 단숨에 돌기둥을 부수려다가 급히 몸을 틀어야 했다.

"……!"

거대한 주먹이 눈을 가득 채우고 있었다.

야현은 재빨리 호신강기를 두르며 양팔을 교차해 얼굴과 몸을 보호했다.

쾅!

야현의 몸은 힘없이 뒤로 날아가 돌기둥에 부딪히고 땅

으로 떨어졌다.

"큭!"

묵직한 기운이 속을 흔들었다.

"퉷!"

야현은 핏기 섞인 침을 뱉으며 자리에서 일어났다.

그의 앞에 족히 3미터는 될 법한 거대한 석상이 오만하
게 서 있었다.

거대한 석상의 등장에 야현은 미간을 슬쩍 좁혔다가 이
내 웃음을 내뱉었다.

골렘.

골렘의 일종인 스톤 골렘인 것이다.

얼굴과 몸, 팔과 다리가 있기에 움직임이 자연스럽다.

그리고 무엇보다 상상 이상의 충격을 줄 만큼 힘도 강하
다.

그런데 골렘이 맞나 싶기도 했다.

그냥 대충 돌을 깎아 형체만 만들어 놓은 듯 눈코입은커
녕 손가락도 없었다.

골렘은 골렘이되 뭐라고 해야 할까. 골렘의 태곳적 모습
을 보는 듯한 느낌이 들었다.

드루이드들이 이를 뭐라고 부르는지는 몰라도.

쿵 쿵 쿵!

석상은 주먹으로 가슴을 찧은 후 다시 야현에게로 달려들었다.

그 기세가 가히 태산처럼 압도적이었다.

석상의 등장에 야현은 더욱 드루이드들을 가지고 싶어졌다.

흑탑과 더불어 좌우로 거느리면 대단한 전력이 될 것이 분명했다.

어차피 그리 될 터.

일단은 저 석상부터 막아야 했다.

쾅광!

야현은 석상의 거대한 주먹을 피해 허공으로 뛰어올랐다.

쿠우우우—

그때 또 다른 주먹이 야현의 옆구리를 노리고 날아왔다.

이번에는 석상이 아니었다.

나무.

목상(木像).

그런데 나무를 뒤집어쓴 또 다른 형태의 골렘이었다. 그리고 단순한 주먹이 아니었다. 뭉뚝한 주먹은 석상과 같지만 그 주먹에 단단하고 뾰족한 가시가 촘촘하게 박혀 있다는 것이 달랐다.

그 가시의 길이도 짧지 않아 자칫 정통으로 맞았다가는 중상을 면치 못할 것이 분명했다.

물론 야현에게는 그다지 통용되는 부분이 아니지만.

그렇다 하여도 상처 입고 좋을 위인은 없었다.

서걱!

야현은 단숨에 목상의 팔을 잘라 버리며 땅으로 내려섰다.

고통 때문인지 아니면 다른 원인 탓인지 목상은 몸을 부르르 떨었다.

"흠."

곧 야현의 입에서 침음이 흘러나왔다.

푸학!

잘린 팔에서 새로운 주먹이 튀어나온 것이었다.

번쩍!

야현의 눈에서 홍광이 폭사되었다.

투시로 석상과 목상의 내부를 꿰뚫어 보았다.

없었다.

골렘이라면 응당 가지고 있어야 할 핵, 마나석이 석상과 목상에는 없었던 것이다.

그그극!

그러는 사이 또 다른 석상 하나와 목상이 땅거죽을 뚫고

기어 나왔다.

야현은 허공으로 훌쩍 몸을 날렸다. 그리고 허공에 서서 주위를 내려다보았다.

갈색 로브를 입은 네 명의 드루이드들.

'저들이 핵이로군.'

그들의 골렘은 신선하게 다가왔다.

야현은 허공에서 몸을 돌리고는 드루이드 지도자를 내려다보며 야월을 어깨에 걸쳤다.

"그대는 무슨 힘으로 본인을 놀래 주려나?"

야현은 야월을 드루이드 지도자를 향해 견주며 히죽 웃었다.

"본인과 놀고 싶어 하니 신 나게 놀아 볼까?"

야현의 신형이 그 자리에서 사라졌다.

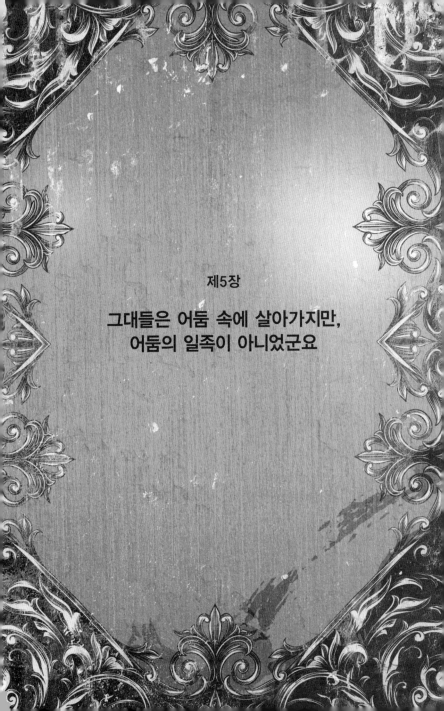

제5장

그대들은 어둠 속에 살아가지만, 어둠의 일족이 아니었군요

얼쑤!

야현은 덩실 어깨춤과 함께 허공을 밟았다.

권능, 바람과 염력에 보법을 더한 발놀림으로 허공을 자유자재로 노닐며 석상의 머리로 뛰어올랐다.

쾅!

검강을 담은 야현의 일격에 석상의 머리가 반쯤 부서지며 파편이 사방으로 튀었다.

촤라라라락!

"……!"

야현의 기파에 낯선 기척이 파악되었다.

팟!

야현이 허공을 밟고 다시 한 번 도약하자, 그 아래로 길고 뾰족한 나뭇가지가 잔상을 꿰뚫고 지나갔다.

한 목상의 팔이 마치 고무처럼 길게 늘어난 것이었다.

콰광!

야현은 길게 늘어난 목상의 팔을 도끼로 장작을 패듯 베어 버리고 땅으로 내려와 석상의 다리를 부쉈다. 다리를 하나 잃은 석상은 기우뚱 몸이 무너졌다.

꾀애애애애애!

아마 석상과 목상이 소리를 지른다면 이런 울음을 터트렸으리라.

또 다른 석상 하나와 목상 두 기가 야현을 향해 달려들었다.

가장 먼저 달려든 것은 바로 석상이었다.

석상은 육중한 무게에 어울리지 않게 민첩하게 몸을 띄워 발로 야현을 내려찍었다.

"훗!"

야현은 입가 언저리를 비틀고는 동시에 야월을 바닥으로 내리며 몸도 비틀었다. 검강도 괴로운 듯 부르르 떨었다.

"크핫!"

석상이 야현의 몸을 짓밟기 직전에 야현은 기합과 함께

비틀린 몸을 회전하며 풀었다. 야월도 기다렸다는 듯이 거친 검강을 토해내며 날카로운 어금니를 드러냈다.

콰과광!

허무할 정도로 석상의 다리가 일수에 부서졌고, 야현은 단숨에 석상의 다리를 밟고 올라가 머리마저 일격에 박살을 냈다.

권능, 화염!

흡혈신공의 이공, 혼합으로 얻은 것이 있다.

단순히 내력과 어둠의 기운이 섞인 것만은 아니었다.

얻은 것은 바로.

화르르륵!

화염이 담긴 검강이었다.

쐐애애액!

야현은 화염이 담긴 검강을 두 목상을 향해 날렸다. 두 기의 목상의 몸은 검강에 터지고, 화염에 휩싸였다.

"쿨럭!"

"크헉!"

갈색 로브를 입고 있던 두 명의 드루이드들이 피를 토하며 비틀거렸다.

크그그극!

기괴한 소리에 시선을 돌리니 부서진 석상들이 주위의

바위를 끌어당겨 복구를 마치고 있었다. 그 뒤로 비교적 멀쩡하게 서 있는 갈색 로브의 두 드루이드들이 보였다.

석상을 움직이는 드루이드들일 것이 분명했다.

'일단은.'

야현은 입꼬리를 말아 올리며 그들을 향해 달려 나갔다.

크그그극!

복구를 마친 두 석상이 그런 야현을 막아섰다.

일시적인 제약이면 된다.

야현은 염력으로 두 석상의 움직임을 짧은 시간이나마 속박하여 만들어진 틈으로 파고 지나갔다.

그리고 두 드루이드들을 향해 달려들었다.

죽일 생각은 없었기에 야현은 검면으로 휘둘렀다.

크르르르콱!

두 드루이드들 앞에 거대한 무언가가 솟아났다.

"……!"

야현은 야월을 손안에서 돌려 날을 세워 검강과 함께 휘둘렀다.

카강!

화려한 불꽃이 야월과 금속 덩어리 사이에서 튀었다.

"호오!"

야현은 뒤로 훌쩍 물러나며 흥미가 동한 비음을 흘렸다.

목상, 석상, 그다음에는 철상이 아닐까 짐작했는데, 드루이드 지도자는 야현의 바람을 깨지 않았다.

"크하앗!"

야현은 서서히 모습을 드러내는 철상을 뒤로하고 몸을 돌려 크게 진각을 밟으며.

십단공, 이단!

두 배로 급격히 늘어난 패도적인 내력으로 일격에 두 석상을 부수며 다시 몸을 돌렸다.

"크크크크크."

야현은 피를 토하며 쓰러지는 두 명의 갈색 로브 드루이드와 그 뒤에 서 있는 드루이드 지도자를 보며 음침한 웃음을 터트렸다.

"철상은 어떨까?"

정제된 금속으로 만들어진 것이 아니었기에 철상은 여러 금속이 뒤섞여 은빛 광채에서부터 붉은색까지 울긋불긋했다.

조잡하게 보일 수 있었지만 그렇기에 제법 강해 보였다.

캉캉캉캉!

철상은 가슴을 치고는 야현을 향해 달려들며 크게 주먹을 내질렀다.

생각 이상으로 빠른 공격에 야현은 재빨리 야월을 들어

올리며 호신강기로 몸을 보호했다.

쾅!

묵직한 힘이 야현의 몸을 관통했다.

야현은 강한 힘을 이기지 못하고 뒤로 날아가 빼곡하게 둘러싼 나무에 부딪히며 바닥으로 떨어졌다.

"하아―."

야현은 감탄을 터트리며 자리에서 일어나려 했다.

"음?"

그러나 생각처럼 몸이 움직여지지 않았다.

미로를 만든 나무들이 어느새 목상으로 바뀌어 있었고, 그들이 야현의 팔과 다리, 몸, 그리고 목까지 단단히 포박한 것이었다.

야현이 속박된 채로 바닥에서 들어 올려졌다.

수십, 아니 수백 기의 목상과 석상들이 바닥을 찢으며 야현을 크게 에워쌌다.

"크크크크. 크하하하하하!"

야현은 오만한 웃음을 터트리며 내력을 온몸으로 돌렸다.

콰드득!

이내 야현이 강제로 팔을 당겨 목상들의 팔을 찢으며 동시에 오른손을 활짝 폈다.

스르르—

바닥에 떨어져 있던 야월이 화살처럼 날아와 야현의 손에 쥐여졌다.

서걱— 서거걱!

단숨에 석상들의 팔을 잘라 버린 야현은 온몸에 화염을 뒤집어썼다.

쾅! 콰과과과곽!

야현은 야월과 함께 주먹과 발로 주위의 목상들을 모조리 부수며 태워 버렸다.

그러한 야현의 등으로 철상이 달려와 주먹을 휘둘렀다.

팟!

철상의 주먹이 야현의 등을 후려치려는 순간, 야현의 신형이 그 자리에서 사라졌다.

다시 모습을 드러낸 곳은 바로 드루이드 지도자 앞이었다.

틱!

단숨에 드루이드 지도자의 목을 움켜잡은 야현은 히죽 웃으며 송곳니를 드러냈다.

"재미있었기는 하나 보다 보니 지루하군요."

"끄으으."

숨통이 막힌 드루이드 지도자는 제대로 말을 잇지 못했

다.

"수하들도 기다리고."

야현은 드루이드 지도자의 후드를 벗겼다.

백발이 성성한 얼굴이 드러났다.

특이한 것은 눈동자의 색이 맑은 녹색이었다.

쾅!

야현이 서 있던 자리에 철상의 주먹이 떨어졌다.

"워어, 워어."

"컥!"

야현이 드루이드 지도자의 목뼈가 부러질 듯 강하게 움켜쥐자 거친 신음과 함께 철상의 움직임이 멈췄다.

"그럼."

야현은 혀를 가볍게 핥은 후 드루이드 지도자의 목을 물었다.

"크윽!"

드루이드 지도자의 입술 사이로 고통에 찬 비명이 흘러나왔다.

그런데 그러한 비명과 어울리지 않는 것이 있었으니, 바로 그의 눈이었다.

고통에 파르르 요동치면서도 눈가는 분명 웃음을 짓고 있었다.

"크으으."

그때 갑자기 야현의 눈이 뒤집어지며 그가 풍이라도 든 것처럼 몸을 파르르 떨었다.

"크핫!"

야현은 드루이드 지도자를 강한 힘으로 집어 던지고는 휘청이며 뒤로 두어 걸음 비틀거렸다.

"……피."

야현은 팔을 들어 허공을 할퀴었다.

"빛, 빛의 ……피."

야현의 눈이 완전히 뒤집히며 뒤로 넘어갔다.

*   *   *

"끄으!"

얼마 만에 정신이 들은 건지 모르겠다.

눈을 뜨자마자 야현을 맞이한 것은 지독한 고통이었다.

심장이 으깨지는 고통에 시선을 돌리니, 아니나 다를까 팔뚝만 한 나무 말뚝이 이미 가슴에 박혀 있었다. 심장은 완전히 으깨졌으리라.

"크크크."

이 상황과 어울리지 않는 웃음이 흘러나왔다.

"크크크크크."

웃음은 끊어지지 않고 계속 이어졌다. 그 웃음은 조금 전과 달리 비웃음이 가득 담긴 비소(誹笑)였다.

팔과 다리는 으깨져 곤죽이 되어 있었고, 그것으로도 모자랐는지 굵은 쇠사슬로 채워져 있었다.

야현은 눈을 떠 마주한 하늘을 쳐다보았다.

어둡지만 어둡지 않은 밤하늘.

밤하늘의 색이나, 싱그러운 습기가 느껴지는 것으로 보아 새벽이 다가오고 있음이 분명했다.

피식.

비소에서 이어진 실소.

이유는 두 가지.

그 하나는 어둠 속에 살아가는 드루이드가 어둠이 아닌, 일종의 신성력 같은 성력을 가지고 있다는 것이었고, 다른 하나는 심장이 깨지고, 드루이드 지도자의 피를 마셔 권능이 사라진 까닭이었다.

야현은 권능이 사라진 무기력함에 미간을 찌푸렸다.

권능이 사라지면 제아무리 야현이라도 태양 아래서 버틸 수 없다.

'자만인가? 아니면 못된 취미인가?'

그게 무엇이든지.

'항상 그러한 사소하고 작은 것들 때문에 큰 화를 입는 법.'

자신이었다면 그 자리에서 목을 베어 소멸시켰을 것이다.

야현의 입가에 희미하지만 미소가 지어졌다.

차갑기 그지없는.

야현은 눈을 감았다.

후우우웅!

내면의 울림.

그 시작은 단전이었다.

일주천을 시켜 내력의 힘을 충분히 키운 다음 심장으로 밀어 넣었다.

으드득!

찢긴 심장에 내력이 몰리자 그 고통은 상상 이상이었다.

심장은 목과 함께 뱀파이어의 또 다른 약점, 아마 진혈의 피를 잇지 않은 뱀파이어라면 심장이 부서지는 즉시 소멸했을 것이다.

야현은 내력의 힘으로 심장을 으깨고 가슴에 박힌 굵은 말뚝을 밖으로 밀어냈다.

카각.

굵은 말뚝이 가슴뼈를 긁으며 조금씩 조금씩 뽑히기 시

작했다.

단숨에 뽑을 수 있었지만, 야현은 그렇게 하지 않았다.

여전히 모습을 감춘 채 자신을 주시하는 드루이드들의 시선이 느껴졌기 때문이었다.

새벽이 다가오는 중이었지만 다행히 아직은 사위가 묵칠을 한 것처럼 어둡다.

조금씩, 조금씩 그렇게 야현은 나무 말뚝을 천천히 뽑아내기 시작했다.

"으."

미약한 신음.

고통 때문이 아니었다. 고통에서 벗어나는 희열로 인한 것이었다.

"후우—."

야현은 말뚝을 완전히 뽑아내지 않았다.

겉으로는 말뚝이 가슴에 박힌 듯 보이지만 사실은 가슴뼈 사이에 살짝 걸쳐진 상태였다.

'한 번, 단 한 번이면 된다.'

야현은 내력으로 심장을 휘감았다.

메마른 수건에서 물기를 쥐어짜듯 야현은 으깨진 심장에서 어둠의 기운을 강제로 뽑아내기 시작했다.

다닥 다다닥!

그 고통은 조금 전과는 비교할 수 없을 정도로 지독했다.

야현은 정신으로는 고통을 이겨내고 있었지만, 육체는 그러하지 못한 듯 몸이 바르르 떨렸고, 그 때문에 이빨은 힘없이 부딪혔다.

카득!

야현은 어금니가 부러질 만큼 입을 꽉 닫으며 눈을 번쩍 떴다.

사라진 눈동자에 붉은 동공이 피어올랐다.

히죽.

입꼬리가 말려 올라갔다.

이상한 낌새를 드루이드들이 알아차렸지만, 섣불리 다가오지는 못했다. 드루이드 지도자와 달리 일반 드루이드들의 피에는 숲의 근원인 빛의 성력이 강하지 않기 때문이었다.

자칫 야현에게 피를 제공해 탈출의 여지를 줄 수도 있었다.

삐이—

다만 풀피리 소리로 다급함을 알릴 뿐이었다.

차캉!

그러는 사이 야현의 양팔과 다리를 포박한 쇠사슬이 끊

기는 동시에.

좌악!

야현이 누워 있는 땅바닥이 찢어졌다.

꿈틀!

야현의 눈썹이 꿈틀거렸다.

'본인이, 본인이 또 도망을 쳐야 한다고?'

그런 치욕은 한 번이면 족하다.

하찮은 드루이드들에게 패해 죽어가는 몰골로 도망이라니.

"크핫!"

야현은 두 눈을 부릅뜨며 허공으로 몸을 띄웠다.

어둠의 권능이 불안했던지 야현의 몸은 안정적으로 떠 있지 않았다.

부러지고 으깨진 팔다리가 덜렁덜렁 거렸지만 야현은 개의치 않는 모습이었다.

오로지 분노한 얼굴로 빠르게 주변을 훑고 있었다.

그런 눈이 한 곳에서 멈췄다.

사제의 피는 짜릿한 흥분을 준다.

마치 독이라고 해도 부족하지 않을 복어의 알을 살점에 곁들여 먹는, 그러한 금단의 맛이다.

간혹 별식으로 사제들의 피를 마시는 뱀파이어들이 있기

는 했다.

고위 신관의 피는 신성력이 강해 목숨을 잃을 수 있지만 갓 서품을 받은 사제들은 다르다.

신성력이 미약하여 짜릿함을 느끼기에 그만이라고 했다.

미친 몇몇은 점점 더 짙은 신성력을 맛보다 죽기도 하였다.

가장 약한 자를 찾으면 된다.

그리고 찾았다.

"크르르, 크하앗!"

야현의 눈에서 어둠의 기운이 폭사되었다.

마지막 한 줌까지 쥐어짜 터트렸기 때문일까, 핏발이 터지며 야현의 눈이 피로 물들었다.

"으아악!"

한 드루이드가 힘없이 야현 앞으로 끌려왔고, 야현은 덮치듯 그의 목을 물었다.

"꺼억, 꺼억!"

어느 어린 드루이드의 죽어 가는 신음과 달리.

"흐음."

야현의 창백한 얼굴에 핏기가 감돌기 시작했다.

우둑― 우두둑!

부러진 뼈가 다시 붙었고, 찢긴 팔과 다리가 제 형체를 찾아갔다.

"이노옴!"

노성이 지축을 뒤흔들었다.

드루이드 지도자와 더불어 장로들이 노기와 함께 모습을 드러냈다.

쐐애애애액!

나뭇가지가 화살처럼 야현의 몸을 향해 날아왔다.

야현은 제 모습을 찾은 팔로 이미 피골이 상접한 드루이드를 방패로 삼아 내던졌다.

푹!

"으악!"

단발마와 함께 야현은 어둠속으로 모습을 감췄다.

『크크크크크크크크!』

야현의 웃음이 숲을 흔들었다.

『생각을 바꿨습니다. 천천히, 천천히. 한 놈도 남기지 않고 네놈들을 말살시켜 주지요! 크하하하하하!』

야현의 광소가 칼날처럼 드루이드들의 귀를 베었다.

*　　　*　　　*

"아체로 님."

갈색 로브의 드루이드가 녹색 로브의 지도자를 근심이 가득한 목소리로 불렀다.

"오늘만 벌써 다섯 명이 당했습니다."

드루이드 지도자, 아체로는 새어나오려는 수심 어린 한숨을 애써 삼키며 갈색 로브, 장로들을 쳐다보았다.

참담한 마음은 매한가지.

뾰족한 해법도 없으니 답답하기 그지없었다.

"이대로 앉아서 당할 수는 없습니다."

한 장로가 울분에 찬 목소리로 말했다.

"어쩌다 이 지경이 되었는지."

또 다른 장로가 중얼거리다가 생각 외로 자신의 목소리가 크다는 것을 느끼고는 흠칫했다.

"아체로 님."

장로들은 다시금 지도자를 불렀다.

'그냥 목을 베었어야 했어.'

드루이드들은 오랜 시간 핍박과 박해 속에서 살아왔다.

그러한 억눌림은 적을 가장 고통스럽게 죽이는 율법을 만들어냈다. 그리고 그러한 율법에 따라 야현을 처형하려 했다.

문제는 그 율법이 재앙이 되어 돌아왔다는 것이다.

동시에 그는 율법이라는 이름 뒤에 숨어 안이함을 가졌던 자신을 탓했다.

핍박 속에서 숨고 또 숨어 이곳까지 왔다.

드루이드들도 사람이기에 먹고 살아야 했고, 살기 위해 가끔 용병으로 뛰었다.

거기에 어린 드루이드들의 실전을 위한 목적을 겸하기도 하였다.

거기서 적으로 만들지 말아야 할 인물을 적으로 두고 만 것이다.

이런 저런 상념에 피식 자조적인 웃음이 속으로 삼켜졌다.

상황을 되짚다가는 한도 끝도 없다.

"마법사들과 신성 제국만 해도 벅찬데, 뱀파이어 왕국의 왕이라니."

어떻게 현 상황을 타개해야 할지 감조차 오지 않았다.

"그대의 피."

야현이 자신을 향해 입맛을 다시며 했던 말이 떠올랐다.

"싸웁시다. 우리의 비술을 연다면⋯⋯."

"연다면?"

장로의 말을 다른 장로가 반박했다.

"그래서 그자를 죽이려고 얼마나 많은 피를 흘려야 하는지 모르는 것이오? 비술을 연다면 우리는 멸족이나 다름없는 결과를 맞게 된다는 걸 모르시오?"

목소리는 점점 커졌고, 거칠어졌다.

"그렇다고 맥 놓고 모두 죽는 것보다야⋯⋯."

"그만. 다들 그만하시게."

아체로가 침묵을 깨고 입을 열었다.

그리고 느린 시선으로 장로들과 눈을 하나하나 마주한 다음 오래된 오크나무 지팡이와 녹색 보석이 박힌 쇠사슬을 풀어 앞에 내려놓았다.

지도자를 상징하는 것들이었다.

"아, 아체로 님?"

장로가 놀란 눈을 껌뻑이며 그 물건들과 아체로를 연신 번갈아 보았다.

"일단 살려야지."

아체로가 자리에서 일어났다.

그리고 방구석 벽면에 걸린 허름하고 낡은 오크나무 지팡이와 아무런 장식 없는 쇠사슬을 팔에 감았다.

"죄 없는 아이들을 죽일 수는 없지 않은가?"

아체로는 오크나무 지팡이를 꽉 움켜쥐었다.

"불쌍한 운명을 타고난 아이들이거늘. 명대로 살게는 해
줘야지."

"아, 아체로 님."

"아체로 님……."

아체로는 문을 나와 어두운 밤하늘을 올려다보았다.

쿵!

지팡이를 땅에 찧어 울림을 만들자.

휘이익—

나뭇가지가 날아와 아체로의 허리를 감쌌다. 아체로는
나뭇가지와 나뭇가지를 옮겨가며 빠르게 숲을 빠져나갔다.

"후우—."

드루이드 도시에서 빠져나온 아체로는 긴장한 듯 연신
손바닥을 쥐었다 폈다를 반복하며 깊게 숨을 내쉬었다.

"허허허."

그러다 너털웃음을 터트렸다.

"살 만큼 살았거늘 무슨 영화를 더 누리겠다고."

"살면서 영화는 누려 봤고?"

낯선 목소리에 아체로의 표정이 급격히 굳어졌다. 그리
고 그가 천천히 몸을 돌렸다. 거대한 나무 기둥 뒤에서 야
현이 뒷짐을 진 채 어슬렁어슬렁 걸어 나오며 히죽 웃음을
짓고 있었다.

"재주가 많던데."

야현이 평평한 땅을 눈으로 가리켰다.

아체로는 아무 말 없이 야현을 잠시 바라보다 오크나무 지팡이를 바닥에 찧었다.

쿠드드득!

땅이 갈라지고 투박하지만 반듯한 바위가 올라왔다.

석탁으로 써도 무방할 정도로 나쁘지 않은 모양새였다.

스윽—

야현은 석탁을 손바닥으로 가볍게 훑으며 앉았다.

우드드득!

스켈레톤 다섯 구가 튀어나와 의자를 만들었다.

그리고 맞은편에도.

"앉으세요."

야현은 아공간에서 와인과 두 개의 잔을 꺼냈다.

아체로는 잠시 머뭇거리다가 맞은편에 앉았다.

야현 앞이라서 그런지, 아니면 스켈레톤이 만든 의자라서 그런지 무척 불편한 얼굴이었다.

"독 같은 건 넣지 않았습니다."

야현이 와인을 따른 잔을 살짝 들어 보인 후 입으로 가져갔다.

"……이 늙은이의 목으로 만족해 줄 수 있소이까?"

아체로는 와인이 담긴 잔은 손도 대지 않은 채 물었다.

"흠."

야현은 반쯤 남은 와인을 잔으로 빙글빙글 돌리며 아체로를 빤히 쳐다보았다.

"이 늙은이의 목을 원한다고 하지 않으셨소? 이 목으로 만족해 주시오."

"그대의 목은 이제 필요가 없어졌고."

야현의 말에 아체로의 얼굴이 어두워졌다.

"기억을 하지 못하나 본데, 본인이 원한 건 그대의 목뿐만이 아닙니다."

"……"

아체로의 얼굴이 더욱 굳어졌다.

"드루이드 군대. 본인의 군대지요."

야현이 웃음과 함께 와인을 쭉 비웠다.

"그대의 용기가 가상하여 본인이 넓고 넓은 아량으로 마지막 기회를 주는 겁니다."

"……"

"나쁘지만은 않은 제안일 겁니다. 어차피 본인과 신성제국, 그리고 흑탑을 거두고 있는 본인에게 있어 마탑 역시 죽여 없앨 적이니까."

야현은 와인 병을 들어 아체로에게 내밀었다.

아체로의 눈빛이 변했다.

원한 깊은 눈으로 아체로는 와인 잔을 비웠다.

쪼르르—

야현은 빈 잔을 채워주었다.

"이것이었소이까?"

"……?"

"거스를 수 없는 공포와 더불어 거부할 수 없을 만큼 달콤한 회유."

"후후후."

야현은 의미 모를 미소만 드러낸 채 다시 와인 잔을 입으로 가져갔다.

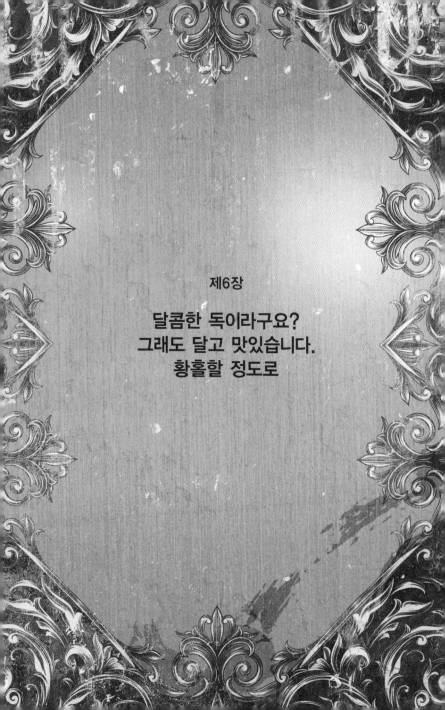

제6장

달콤한 독이라구요?
그래도 달고 맛있습니다.
황홀할 정도로

Vampire

"정녕 이 목숨만으로는 안 되겠소이까?"

아체로는 입술을 질끈 깨물며 다시금 물었다.

"모두 죽여 줄까요?"

"이제껏 드루이드는 패배는 할지언정 항복을 한 적은 없소이다."

마지막 반항일까?

"아쉬운 마음이야 들지만 어쩔 수 없지요."

야현은 미련 없이 자리에서 일어났다.

"그래도 조금은 기대를 했었는데……."

야현은 아체로를 보며 지독해 보이는 미소를 지었다.

"본인이 가질 수 없다면 그 누구도 가지지 못하게 부숴야겠군요."

그 말에 아체로의 눈이 힘없이 흔들렸다.

인간들이 살아가는 평범한 땅.

흔히 빛의 땅이라 불리는 곳에서 쫓겨나 어둠의 땅으로 숨어든 지 어언 천 년.

어둠의 땅에서조차 쫓겨난다면…….

갈 곳은 없다.

마지막 남은 긍지로 죽을 것인가? 아니면 굴종으로 삶을 이어 나갈 것인가.

"복수도 해 준다고 했습니다."

생각을 꿰뚫는 야현의 말에 아체로가 몸을 옅게 떨었다.

"독심술은 아니니 걱정 마시기를."

야현은 손가락으로 아체로의 얼굴을 가리키며 말을 덧붙였다.

"하루를 드리지요."

야현은 아공간에서 커다란 모래시계를 꺼내 석탁 위에 올려놓았다.

"정확히 하루입니다. 모래가 다 떨어지는 시각, 지금까지의 공포는 장난이었다는 것을 알게 될 겁니다."

야현은 몸을 돌리다 말고 다시 방긋 웃었다.

"그렇지만 본인은 내 사람에게는 매우 관대하죠. 내 사람의 복수는 그 무엇보다 우선이 되지 않을까요? 하하하하하!"

야현은 웃음을 남기며 어둠 속으로 사라졌다.

"하아—."

야현이 사라지자 아체로는 깊은 한숨과 함께 오크나무 지팡이와 은빛 쇠사슬을 내려다보았다.

죽으려고 왔는데, 죽지 못했다.

덤으로 감당하기 힘든 짐까지 떠안아 버렸다.

"아체로 님!"

"어디 계십니까?"

소란스러운 목소리와 함께 수십 개의 횃불이 나타났다.

"저, 저기! 저기 아체로 님이 계십니다!"

누군가가 아체로를 발견한 모양이었다.

그 소리에 이끌려 수십 명의 드루이드들이 아체로가 앉아 있는 곳으로 우르르 몰려왔다.

"흠."

무거운 상념에서 깬 아체로가 그들을 보고 자리에서 일어났다.

크그극!

그제야 그의 의자가 되어 주던 스켈레톤들이 몸을 풀며

땅속으로 사라졌다.

'하아—.'

스켈레톤 의자에 앉아 있는지도 잊고 있었던 자신의 나약함에 아체로는 속으로 한숨을 내쉬었다.

"괜찮으십니까?"

네 장로가 걱정 어린 목소리로 다가와 아체로의 몸을 빠르게 살폈다.

"아이들을 모두 데려온 것인가?"

아체로는 그제야 정신을 바로 잡으며 주위를 둘러보았다.

눈에 보이는 횃불 외에 더 이상의 인기척은 없었다.

"어쩌자고 자네들 넷이 모두 온 것인가? 쯧쯧쯧."

아체로는 아차 하는 표정의 장로들을 보며 나직하게 혀를 찼다. 하지만 상황이 상황인지라 더는 타박하지 않았다.

"돌아가세."

의도하지는 않았지만, 볼일이 끝났으니 일단 돌아가야 한다.

"이게 왜 여기……."

한 장로가 야현이 놓아 둔 모래시계에 손을 뻗었다.

"건들면 안 되네!"

아체로가 그답지 않게 버럭 소리를 질러 장로를 막아섰다.

"아, 아체로 님?"

모래시계를 만지려던 장로뿐만 아니라 다른 이들도 놀란 눈으로 아체로를 보았다.

"휴우─."

아체로는 한숨을 내쉬며 사과했다.

"소리를 질러서 미안하네."

"아, 아닙니다."

"몇몇 아이들에게 이 모래시계를 지키라 하고, 매 시각마다 알리라 전하시게."

"그리하겠습니다."

의문이 들었지만, 장로들은 일단 아체로가 시키는 대로 따랐다.

도시 중앙에 자리한 아체로의 자그만 거처.

그 거실에 다시 아체로와 네 명의 장로가 자리를 가졌다.

"그 모래시계가 무엇이기에."

장로의 물음에 아체로가 힘겹게 입을 열었다.

"뱀파이어 왕이 우리에게 준 시간일세."

짧은 말 한마디였지만 충분히 전후 파악을 할 수 있었기에 장로들의 얼굴이 급격히 굳어졌다.

"굴종 아니면 죽음뿐이겠군요."

차마 입 밖으로 말을 꺼내기가 힘들어 아체로는 고개를 끄덕이는 것으로 대답을 대신했다.

"차라리 잘 되었습니다. 원통하게 선대의 복수는 할 수 없게 되었지만 이렇게 살아갈 바에 드루이드답게 최후를 맞이합시다."

울분에 찬 목소리에 아체로는 다시 고민에 빠졌다.

이렇게 죽어도 좋은 것인가?

솔직히 자신은 죽어도 좋다.

그런 마음에 야현을 찾아간 것이었다.

살 만큼 살았기도 했지만, 평생 어둠에 숨어 살아왔다.

지긋지긋한 삶을 이제는 놓아버리고 싶은 마음도 컸다.

'이리 될 줄 알았다면 빛이 가득한 땅을 밟아볼 것을.'

회한.

그때 문득 든 생각.

야현의 아래로 가면 빛의 땅을 밟을 수 있을까?

죽기 전 마지막 소원, 필생의 소원이 무어냐 묻는다면 첫 번째가 일족의 복수요, 두 번째가 빛의 땅에 당당히 서는 것이다.

"만약에, 만약에 말일세."

아체로가 입을 열었다.

"우리가 태곳적 우리의 땅으로 갈 수 있다면."

아체로의 말에 장로들의 열띤 목소리가 한순간 사라졌다.

"그리하려면 율법을 깨야 하네."

"그 말씀은?"

장로의 말에 아체로가 고개를 끄덕여 주었다.

처음으로 장로들의 눈이 흔들렸다.

죽음이 아닌 희망이 처음으로 그들의 눈에 깃들었기 때문이었다.

하지만 단순히 희망만 담긴 것은 아니었다. 갈등의 눈빛 또한 더해져 있었다.

아체로는 네 명의 장로들을 보았다..

쉽게 입을 열지 못하고 꾹 닫은 얼굴들.

달콤하지만 독이 깃든 과실이다.

그렇기에 선택하지 못하는 것이다.

"아체로 님."

"말씀하시게."

"이건 우리가 선택할 문제가 아니라 봅니다."

"……?"

"아이들에게 물읍시다. 미래는 우리의 것이 아닌 아이들의 것이니."

"허허, 허허허허."

장로의 말에 아체로가 허탈한 웃음을 터트렸다.

"자네가 나보다 나으이. 나보다 나아."

아체로는 고개를 끄덕이며 자리에서 일어났다.

"아이들을 중앙 광장에 모으게."

"알겠습니다."

네 장로들은 굳은 표정으로 자리에서 일어나 빠르게 나갔다.

"후우—."

아체로도 뒤늦게 나와 하늘을 가린 나뭇잎을 올려다보며 한숨을 내쉬었다.

"복일지 화일지."

아체로는 눈을 조용히 감았다.

펙!

그런 그의 머리 위로 지붕에서 붉은 눈을 번뜩이던 검은 까마귀 한 마리가 터지듯 검은 연기가 되어 사라졌다.

"크크크크."

같은 시각.

야현이 눈을 뜨며 음산한 웃음을 터트렸다.

　　　　　*　　　*　　　*

쪼르르르

　울창한 숲 중앙 공터, 잘린 나무 그루터기 위에 찻상이
차려졌다. 그윽한 녹차 향이 숲의 운치를 더욱 살려주었
다.

　"좋군."

　야현은 은은한 다향을 음미하며 기분 좋은 미소를 지었
다.

　"우히히히히."

　그 앞에 마주 앉아 있는 카이만이 특유의 웃음을 슬며시
터트렸다.

　"중원은?"

　야현은 찻잔을 내리며 물었다.

　"비교적 순조롭습니다."

　"비교적?"

　예상대로 흘러가고는 있지만, 그 과정이 제법 순탄하지
만은 않다는 의미가 담겨 있었다.

　"소림사? 무당?"

　야현의 이어진 반문에 카이만이 고개를 끄덕였다.

"소림사면 흑림이 예상되지만 무당은 의외군."

"노운각이라고 은거한 원로들이 있습니다."

"흠."

"실질적인 무당의 힘이라 해도 과언이 아닐 거라 판단되옵니다."

야현의 표정이 더욱 진중하게 바뀌었다.

무당과 소림은 무림 문파이면서 종교 단체였다.

그렇다 보니 그들의 무공과 내공에는 신성력과 비슷한 일종의 성력이 담겨 있었다.

흑림이나 노운각의 원로들이 표면으로 나온다면 사천당문이나 제갈세가를 지배하는 어둠의 기운을 파악하게 될 것이다.

"그렇다 보니 움직임에 어느 정도 제한이 따르고 있습니다."

사천당문이야 정파 속의 사파라 불릴 만큼 음산하기에 가풍으로 넘어갈 수 있다지만 문제는 군사로 있는 제갈지소였다.

그녀는 직무로 언제 그들을 봐도 이상하지 않기 때문이었다.

"더불어 원중 방장과 명헌 장문인이 제갈 군사를 바라보는 눈초리가 심상치 않습니다."

"들킨 건가?"

"그건 아닌 듯하옵니다. 아무래도 상성이 맞지 않으니 그런 듯하옵니다."

카이만은 그답지 않게 점잖게 말을 하는가 싶더니.

"우히히히히."

경박스러운 웃음을 다시 터트리고 말았다.

"숲의 샘이 필요하겠군."

"그래서 이렇게 온 것입지요."

야현은 뜬금없이 카이만이 모습을 드러내 의아했던 터였다.

"드루이드가 이곳에 있다는 것을 알고 있었던 모양이군."

"알았다기보다 짐작만 하고 있을 뿐이었습니다. 이쯤 어딘가 본거지가 있을 거라고, 우히히히히."

일반적으로 마법 물품, 일명 아티팩트라 하면 마법사와 마탑을 떠올린다. 그 외에 다른 아티팩트를 거론하자면 신성제국에서 만든 신성력과 축복이 담긴 물품들이 있을 것이다. 그리고 드물지만 드워프나 엘프들이 만든 아티팩트도 있다.

그러나 세상의 범인들은 모르는 아티팩트가 있었다.

그건 바로 드루이드의 아티팩트였다.

어둠의 기운을 지우고, 빛의 기운을 표면에 두르는 아티팩트가 바로 그것이었다.

어둠의 일족들은 그 아티팩트를 숲의 샘이라 불렀다.

"숲의 샘이라면 어느 정도 이목을 숨길 수 있겠군. 그래도 구하고자 하면 구할 수 있을 텐데."

흔한 것은 아니지만 굳이 이곳까지 와야 할 만큼 못 구할 아티팩트도 아니었다.

"상대가 상대이다 보니 최상급으로 구하려고 왔습니다."

숲의 샘도 아티팩트이다 보니 당연히 급이 존재한다.

"우히히히히."

카이만은 야현을 보며 실없는 웃음을 터트렸다.

"이럴 줄 알았으면 좀 더 일찍 올 걸 그랬습니다."

화끈한 전투가 그리운 모양이었다.

"그런데, 주군."

카이만의 목소리가 낮게 깔렸다.

"굳이 거둘 필요가 있으십니까?"

카이만의 얼굴에 지금까지 경박하게 보일 정도로 가벼웠던 표정은 사라지고 없었다.

"신성제국이나 마탑 때문인가?"

"그렇습니다. 마교만으로도 벅차옵니다."

"마교야 벅차지 않아. 천마 그가 벅차지."

야현은 찻잔을 들어 식은 차를 가볍게 한 모금 마셨다.

"그리고 어둠의 일족들을 일통하고 제국을 건설하면 어차피 신성제국과 일전을 피할 수 없어. 그대가 있으니 마탑도 매한가지일 테고."

맞는 말이다.

"신성제국이라면 슬슬 움직일 거야. 아니면 머지않아서."

살짝 드러난 미소.

"드루이드들을 거두려는 데에는 숨은 뜻이 있으시군요."

오랜 시간 야현을 보필해 온 카이만이었다. 카이만은 야현의 웃음 속에서 숨은 뜻을 본 것이다.

"뭐. 조금은 즉흥적이었지만, 뜻이 생겼지."

야현은 품에서 연초를 꺼내 한 모금 깊게 마셨다.

"후우—."

야현은 카이만을 보며 다시 입을 열었다.

"오로지 유일신만 논하는 종자들이 과연 우리의 뒤를 쫓을까, 아니면 잊혀진 고대의 신을 믿는 종자들의 뒤를 쫓을까?"

"우히히히히."

카이만은 고개를 까딱까딱하며 괴소를 내뱉었다.

"반반?"

"거기에 마탑이 끼어들면?"

"우히히히히."

카이만은 괴소로 웃음을 대신했다.

"드루이드들의 흔적을 천산으로 이어볼까 해."

"천산이라 하시면."

"마교."

야현의 미소 사이로 송곳니가 드러났다. 의미심장한 미소가 이내 사라지며 미간에 깊은 주름이 파였다.

"이런."

야현은 고개를 돌렸다.

은밀한 기척이 느껴졌다.

더불어 거북한 기운까지.

너무나 순수해, 오히려 악하게 느껴지는.

"신의 망나니들이군."

수도사 몽크.

야현이 그들의 기운이 느껴지는 곳으로 몸을 틀었다.

"주신의 화염이라 불러주시지 그러십니까? 우히히히히!"

카이만이 자리에서 일어나며 눈을 번뜩였다.

"이곳에 저들이라. 우연일까, 아닐까?"

"우연이 이어지면 필연이 아니겠습니까? 우히히."

"그 필연이 우리를 향한 것일까, 아니면."

야현은 마지막 한 모금을 마신 후 발로 비벼 껐다.

"그거야 물어보면 알게 되지 않겠습니까?"

"이런."

야현은 난감한 표정을 슬쩍 지었다.

스으으으윽—

마치 뱀처럼 바닥을 기는 나뭇가지를 본 것이었다.

그리고 느껴지는 드루이드들의 기운들.

"재밌군. 재미있어."

야현은 웃음을 터트렸다.

*   *   *

스스스스슥!

수천 마리의 뱀들이 나타난 것처럼 나뭇가지들이 흙바닥
이 보이지 않을 정도로 뻗어 나갔다.

"우히히."

야현과 카이만은 각각 염력과 마법으로 허공에 올라섰
다.

사방을 집어삼킬 듯 뻗어 나가던 나뭇가지들이 어느 순간 멈췄다.

마치 원래 그 자리에 있었던 것처럼 숨을 죽인 것이다.

스으윽!

그리고 둘의 모습이 투명해지며 사라졌다.

치르륵— 치륵!

풀벌레 소리만 가득한 숲에 다섯 명의 흑갈색 수도사복을 입은 몽크들이 조용히 들어섰다.

파직!

나뭇가지가 밟혀 부러지는 소리에 수도사들은 하나같이 걸음을 멈췄다. 그리고 석상이 된 것처럼 움직이지 않았다.

한 시간, 두 시간, 그리고 세 시간.

그 긴 시간 동안 수도사들은 그 어떤 미동조차 없었다.

그 후에도 여전히 주위의 기척이 달라지지 않은 다음에야 수도사들은 멈춘 걸음을 다시 내디뎠다.

매우 조심스러운 행보가 아닐 수 없었다.

하지만 이미 나뭇가지들이 양탄자처럼 바닥에 깔려 있었고, 그 가지들은 이미 드루이드들의 눈과 귀였다.

그리고 드루이드들은 수도사들보다 더 인내하며 기다렸다.

'음?'

야현의 미간이 슬쩍 좁아졌다.

수도사들이 숲 중앙까지 들어왔지만 드루이드들은 움직이지 않았다.

완벽한 기회를 잡으려는가 싶었지만 아니었다.

드루이드들은 야현도 눈치를 채지 못할 정도로 조금씩 숲의 모양을 바꿔나가며 수도사들을 숲 밖으로 유도하고 있었다.

"훗."

야현은 이 상황이 어이가 없어 저도 모르게 웃음을 터트리고 말았다.

그 웃음에 수도사들은 서로 등을 맞대며 자그만 원진을 만들었다.

그 와중에도 수도사들은 그 어떤 목소리도 흘리지 않았다.

조용히 주위를 살필 뿐이었다.

팟!

야현은 투명화 마법을 깨트리며 모습을 드러냈다.

그런 마나의 파장에 수도사들의 시선이 야현이 떠 있는 허공으로 향했다.

마치 텔레파시를 주고받은 듯.

파박!

다섯 명의 수도사들은 동시에 사방으로 몸을 날렸다.

콰드드드득!

그러나 수도사들은 채 몇 걸음 내딛지 못하고 걸음을 멈춰서야 했다.

수십 그루의 나무들이 몸을 일으켜 거대한 방벽을 세운 것이었다.

야현은 수도사들이 서 있던 곳으로 내려섰다.

"이곳까지는 어인 일로 오셨습니까?"

수도사들의 발걸음이 다시 옮겨지려던 때.

크르르르르.

수백 마리의 짐승들이 나무 방벽 사이로 모습을 드러냈다.

더 이상 도망칠 수 없다는 사실을 깨달은 듯 수도사들은 무릎을 꿇고 나무로 만든 삼각형 모양의 성물을 양손으로 포개며 하늘을 향해 고개를 들어 올렸다.

쐐애액!

나뭇가지 하나가 수도사의 가슴을 매섭게 찔러 갔다.

파삭!

그 순간 수도사의 몸에서 밝은 빛무리가 피어났고, 그 빛에 나뭇가지는 재가 되어 사라지는 듯했다.

그러나!

푸훅!

나뭇가지는 더욱 세차게 전진하여 빛을 이겨내고, 이내 수도사의 가슴을 꿰뚫었다.

"어, 어찌…… 어둠의 종자들이……."

충격에 후드가 젖혀진 수도사는 믿을 수 없는 고통에 흔들리는 눈으로 앞을 직시했다.

"간악한 심성으로 이 땅의 균형을 지키던 아비와 형제들을 악신 취급하여 몰아낸 것도 모자라, 자신이 유일신이라며 고고한 척하는 크뤼엘의 성력이 그 무에 대단하다고!"

드루이드 장로 하나가 나무 사이로 모습을 드러내며 죽어가는 수도사를 향해 분노를 표출했다.

"어디서 거룩한 주의 이름을 함부로 올리는가!"

기도를 마친 네 수도사 중 한 명이 노여움을 터트리며 장로를 향해 달려들었다.

"거룩? 악신보다 더 간악한 신이 거룩하다고? 지나가는 개가 웃겠다! 이놈!"

장로의 몸에서도 수도사 못지않은 밝은 빛이 뿜어져 나왔다.

"죽여라! 주신의 위엄에 도전하는 자를 죽여라!"

네 명의 수도사의 몸에서 화염처럼 뜨거운 신성력이 폭

사되었다.

"오냐! 죽여 봐라! 이 간악한 신의 종자들아!"

콰드드드득!

땅거죽을 뚫고 거대한 석상이 모습을 드러냈다.

쿵쿵쿵쿵!

석상은 바위 같은 주먹으로 수도사를 내려찍었다.

수도사 몽크.

그들이 신성 기사단과 다른 점은 바로 무투술에 뛰어난 권사라는 점이었다.

수도사는 함께 내뻗는 양팔에 태양처럼 눈부신 신성력을 담았다.

콰광!

석상의 주먹이 부서지며 사방으로 비산했다.

하지만 충격을 받은 것은 비단 석상뿐만이 아니었다.

푸학!

수도사는 한 바가지나 될 법한 피를 토하며 뒤로 날아가 바닥에 처박혔다.

팔 하나 부서진 석상처럼 드루이드 장로의 안색도 그다지 좋지는 않았다. 입술 끝으로 가는 피가 흘러내리고 있었다.

하지만 장로는 소매로 피를 훔쳐내며 오크나무 지팡이와

쇠사슬을 흔들었다.

팔 하나 부서진 석상은 크게 뛰어오르면서 온전한 다른 주먹으로 수도사의 몸을 그대로 찍어 내렸다.

콰직!

거대한 바위에 깔린 듯 수도사는 비명 하나 내지르지 못하고 죽었다.

그러는 사이.

수십, 수백의 나뭇가지가 그물처럼 뻗어 나와 수도사들을 덮쳤다.

수도사들은 신성력으로 나뭇가지를 부숴 나갔지만 한 사람의 힘으로 수십 수백의 힘을 감당하기란 요원한 일이었다.

결국 나뭇가지들은 수도사들의 팔과 다리는 물론이요 몸과 목까지 칭칭 감쌌다.

"끄으으으으!"

숨통이 막히자 수도사들은 괴로운 신음을 흘렸다.

그런 그들의 숨통을 끊기 위해 뾰족한 나무가 수도사의 목을 향해 날아들었다. 그러나 그 순간,

콱!

나뭇가지가 무형의 힘에 강제로 멈춰지고 말았다.

"저들에게서 알아낼 것이 많습니다."

"하오나!"

드루이드 지도자 아체로.

그리고 그의 뒤로 분노와 원한이 깊은 드루이드들의 눈동자가 있었다.

"그 마음 압니다. 알지요. 이런 말이 있습니다."

야현은 아체로의 어깨너머로 드루이드들을 보며 입을 열었다.

"심장이 들끓어 올라도 머리만큼은 차가워야 합니다. 죽일 때와 일단은 살려두어야 할 때를 알아야 지독한 이 싸움에서 이길 수 있습니다."

그리고 웃음을 보여주었다.

"그리고 본인은 그대들에게 약속을 했습니다. 복수를 해주겠노라고."

"……."

"……."

무거운 침묵과 그 무거움이 담긴 시선이 야현에게 모여들었다.

"본인은 차갑습니다. 잔혹하지요."

"읍읍! 크악!"

야현은 발악하는 수도사의 다리를 염력으로 찢어내며 말을 이어갔다.

물론 미소를 지우지 않은 채로.

"그러나 본인은 내뱉은 말은 이 목이 잘려도 지킵니다. 약속하지요, 그대들이 내 사람이 된다면 그대들은 반드시 저들의 피를 밟고 설 수 있을 것입니다. 바로 오늘처럼 말이지요."

야현이 손을 뻗자 다리가 찢긴 수도사를 포박한 나뭇가지들이 후드득 잘렸다. 그리고 수도사의 몸이 야현 앞으로 끌려왔다.

야현이 다시 한 번 손을 휘젓자 수도사의 몸이 젊은 드루이드들 사이로 떨어졌다.

촤아아악!

수도사의 몸이 갈기갈기 찢어져 피가 땅을 적셨다.

그 핏물이 젖어드는 땅을 드루이드들이 밟고 서 있었다.

뱀파이어의 왕, 야누스.

야현.

절대적인 힘을 가진 왕이다.

아니, 황제다.

그는 힘만 가진 황제가 아니다.

사람들의 틈을 파고드는 지략마저 가지고 있다.

"하아―."

그 모습에 아체로는 소리 죽여 깊은 탄식을 삼켰다.

조금 전 말 한마디로 야현은 젊은 드루이드들의 마음을 사로잡았다.

미처 마치지 못한 표결을 통해 드루이드 일족은 아마도 야현의 그늘로 들어가리라.

'달콤해.'

자신 역시 어렸다면 저 말에 가슴이 뛰고 피가 끓었을 것이다.

너무나도 달콤해서 아체로는 무서웠다.

그러나 어쩌랴.

미래는 자신의 것이 아닌 저 젊은 드루이드들의 것임을.

이제 남은 것은 일족의 번영을 위해 이 목숨을 던지는 것뿐일 것이다.

아체로는 주름진 주먹을 강하게 움켜쥐었다.

제7장

이이제이라 했습니다

새하얀 벽면 한쪽에 역삼각형의 성물이 걸려 있었다.

그 앞에 케리안 추기경이 경건하게 무릎을 꿇고 기도를 올리고 있었다.

끼익—

문이 열리고 케리안 추기경의 집무실로 중년의 대주교가 안으로 들어왔다.

정보국 부국장 하일린이었다.

하일린은 케리안 추기경의 기도가 끝날 때까지 조용히 기다렸다.

"무슨 일이신가?"

기도를 마친 케리안 추기경이 하일린 대주교를 집무용 책상으로 안내하며 물었다.

"어둠의 숲으로 들어간 은자의 아이들 모두 연락이 끊겼습니다."

하일린 정보국 부국장의 말에 케리안 추기경의 눈가가 경직되었다.

"모두 말인가?"

케리안 추기경의 물음에 하일린 정보부 부국장이 고개를 끄덕였다.

"흠."

케리안 추기경의 입에서 무거운 침음이 흘러나왔다.

"아이들을 한 번 더 보내야 할지 아니면 기사단에 협조 요청을 넣어야 할지 판단이 어렵습니다."

"쉬운 결정은 아니로군."

잠시 고민하던 케리안 추기경이 입을 열었다.

"한 번으로 바로 기사단에 요청은 넣기는 그러하니 수를 좀 더 늘려 한 번 더 보내는 건 어떻겠나?"

"수를 늘려서……."

아무리 궂은일을 도맡아 하는 은자들이라고 해도 모두 주신 아래에 있는 형제들이다. 그들의 목숨이 하찮을 수 없다.

그렇기에 하일린 정보부 부국장도 깊게 생각을 해 보는 것이었다.

"아이들의 소식이 끊겼으면 생각 이상으로 어떤 일이 벌어지고 있다는 뜻이겠지."

"달리 방도가 없지요. 순순히 들어줄 기사단 놈들도 아니거니와 갖은 생색이란 생색은 다 낼 터이니."

하일린 정보부 부국장의 말에 케리안 추기경이 쓴웃음을 지었다.

어느 곳이 다 그렇듯 정보 단체와 무력 단체의 사이는 그다지 좋지 않다. 그건 신성 제국도 다를 바 없었다.

"좀 더 철저하게 준비해서 보내도록 하겠습니다."

"시간이 더 걸려도 좋으니 피해를 줄 일 수 있도록 하게."

"성호가 가득하기를."

"성호가 가득하기를."

*　　*　　*

아체로의 집무실.

그곳에 야현과 카이만, 베라칸, 크리먼, 초량, 그리고 아체로를 비롯한 네 장로와 젊은 드루이드가 자리하고 있었다.

"크라씨노라 하옵니다."

"칵튀스이옵니다."

"코른이옵니다."

"로자라 하옵니다."

네 명의 장로들과.

"알베로라 하옵니다."

"젊은 드루이드들을 대표하는 아이옵니다."

그 말인즉슨 차기 지도자로 유망하다는 말, 그렇기에 아체로가 그를 불렀으리라.

서로 간에 짧은 소개가 끝나고.

"상황이 상황인 만큼 친분은 천천히 쌓기로 하고."

야현은 바로 본론으로 들어갔다.

"들어서 알겠지만, 본인이 숲의 샘이 필요해."

아체로의 시선이 카이만에게 잠시 옮겨갔다가 다시 야현에게로 향했다.

"말씀하신 최상급 숲의 샘은 여섯 개가 만들어져 있사옵니다."

"급한 불은 끌 수 있겠군."

야현은 고개를 끄덕였다.

"신성제국의 수도사들이 이곳뿐만 아니라 어둠의 숲에

은밀히 모습을 드러냈었습니다."

초량.

"다행이라고 해야 할지는 모르겠지만 일단 한 놈도 놓치지 않고 모조리 처리하였습니다."

크리먼 군장관이 부연을 덧붙였다.

아체로를 비롯한 드루이드 장로들의 표정이 굳어졌다.

"원인을 보자면 본인 때문이라 할 수도 있겠지."

야현이 다시 입을 열었다.

"아마도 대규모의 신성제국 망나니들이 다시 어둠의 숲으로 올 것이야."

"광견들도 합세하지 않을까 염려되옵니다."

광견. 신성제국의 기사단을 조롱하는 단어였다. 그런 단어를 사용할 만큼 알베로라 소개한 젊은 드루이드가 적개심을 표출했다.

"그러지는 않을 거야."

"……?"

"오래되고 방대한 조직일수록 유연하지 못하지. 서로 간의 파벌도 존재할 것이고."

그 말에 아체로를 비롯한 네 장로들은 수긍하는 듯 고개를 끄덕였다.

"또 체면이 있으니 우선은 스스로 해결하려 할 것일 테고."

야현은 알베로를 바라보았다.

"이 상황이 본인에게는 그다지 좋은 것은 아니지만, 그 대들에게는 복수의 서막이 되겠군."

야현과 눈을 마주한 알베로의 눈은 강렬히 번뜩였다.

"초량."

"예, 폐하."

"신성제국과 마교를 서로 부딪히게 하고 싶은데."

초량을 비롯한 야현의 수하들은 미소를, 드루이드들은 의아한 눈빛을 띠었다.

"본인의 고향, 동방에 이런 말이 있어. 이이제이(以夷制 夷)."

"……?"

"뭐라고 설명을 해야 하나."

"광견을 몬스터로 잡는다라고 하면 될 듯싶습니다."

초량이 적당한 단어로 의역하여 설명했다.

드루이드들은 완벽히 이해한 표정은 아니었다. 마교에 대한 배경 지식이 전무한 까닭이었다. 그렇기에 초량이 간략하게 마교에 대해 알려주었다.

전혀 생각지 못한 계략에 젊은 드루이드는 충격을 받은 듯 잠시 멍한 모습이었다.

"적당히 힘을 빼야 목을 베기 쉽지 않겠나."

"사로잡은 수도사와 이들의 도움이면 적당한 계책이 나올 듯하옵니다."

초량은 드루이드들에게 잠시 시선을 주며 대답했다.

"신성제국이 쉽사리 동방과 서방을 가로지르는 금단의 산맥을 넘을까?"

가장 큰 난제가 바로 이것이었다.

"새로운 신을 섬기는 자들이 금단의 산맥을 넘어 서방으로 왔다, 면 충분할 것이옵니다. 그리고……."

초량이 다시 한 번 더 드루이드들을 바라보며 입을 열었다.

"드루이드들이 그들을 불렀다."

"신성제국이 뒤집어지겠군요."

알베로가 주먹을 움켜쥐었다.

"당장 그대의 손에 피를 묻히지 못한다 하여도 아쉬워하지 말라. 마지막 피는 그대들의 손에 묻혀줄 터이니."

"괜찮습니다, 폐하."

알베로는 어느새 '폐하'의 호칭을 자연스레 입에 담고 있었다.

"일족의 처지와 힘을 뼈저리게 알고 있사옵니다."

복수만 할 수 있다면 어떻게 진행되든 상관없다는 뜻.

야현은 고개를 돌려 아체로를 쳐다보았다. 아체로는 묵묵히 고개를 숙임으로 대답을 대신했다.

"이곳이 마교의 전진 기지가 되면 좋겠군."

"최대한 빨리 계책을 짜 실행하도록 하겠나이다."

야현은 초량의 말에 고개를 끄덕였다.

"그리고 초량."

"예, 주군."

"신성제국의 시선이 마교로 향하고 금단의 산맥을 넘어서면 그사이 우리는 빠르게 어둠의 왕국을 일통하여 제국을 세운다."

"명!"

초량의 짧은 복명이 터졌다.

＊　　　＊　　　＊

뱀파이어는 여느 어둠의 일족보다 생존력이 강하다.

가진 무력도 무력이지만 뱀파이어 일족의 강한 생명력은 바로 그들이 가진 정보에 있었다.

뱀파이어들은 어둠이 내려앉으면 고위급 신관이나 마법사가 아니고서는 알아차리기 어렵다.

그렇다 보니 자연스레 인간들 사이로 스며들어 살아가고

있었고, 뱀파이어 특유의 화술과 매력으로 사람들을 회유해 정보원으로 활용하기도 하며, 때로는 사람들이 자각하지 못할 정도로 자연스레 중요한 정보를 얻어내고는 했다.

문제는 이제껏 그 정보들이 하나로 모아지지 않았다는 것이다.

중구난방으로 뱀파이어 왕국에 풍문처럼 돌아다녔었다.

초량은 정보의 중요성을 잘 안다.

그래서 초량이 뱀파이어 왕국에 입성하며 가장 먼저 손을 댄 것은 바로 정보 조직을 구성하는 것이었다.

우습게도 뱀파이어 왕국에서 정보를 취급하는 이들은 평범한 평민이거나 작위를 가지고 있다 하여도 영지조차 가지지 못한 하위 귀족들이었다.

그러니 왕국 내에서 안착하지 못하고 세상을 떠돌았다.

힘이 약하기에 제 안위를 지켜내기 위하여 필연적으로 정보와 재물을 탐하여 왔던 것이었다.

그들의 포섭은 생각보다 손쉬웠다.

신분 상승을 미끼로 한 회유.

그 결과가 바로 초량 앞에 앉아 있는 정보부 국장, 카사바 후작이었다.

야리야리한 몸에, 반짝이는 금빛 머릿결.

새하얀 피부에 푸른 눈동자.

미남자도 모자라 여장을 한다 하여도 경국지색의 미모를 뽐낼 그런 인물이었다.

이렇게 화려해도 그는 과거 영지도 없었으며, 가진 것이라곤 고작 남작 작위뿐인 하위 귀족이었다. 하지만 그는 미려한 미색으로 인간 세계로 나가 수많은 고위 귀족의 안주인이나 영애들을 바지 자락에 휘감았던 것이다.

그 인맥으로 일반적으로 접할 수 없는 고급 정보들을 취합했고, 그 정보들을 이용해 엄청난 재물을 쌓았다.

본능적으로 정보의 중요성을 파악하고 활용하던 인물이었다.

초량은 야현의 재가를 얻어 그에게 후작 작위라는 파격적인 지위를 준 뒤 정보부 수장으로 앉힌 것이었다.

정보부라는 곳은 특성상 외부에 얼굴을 드러내고 활동할 수 있는 자리가 아니었다.

그러나 작위는 예외였다.

재물이면 재물, 여인이면 여인, 나름 권력이라면 권력을 이미 가진 카사바였다.

하지만 그 모든 것도 뱀파이어 왕국에서 쓸모가 없었다.

그렇기에 그가 가진 마지막 바람이 바로 뱀파이어 왕국에서의 지위였다.

그렇기에 카사바는 미련 없이 정보부 수장 자리를 수락

한 것이었다.

마지막 욕망을 채우기 위하여.

깊은 욕망만큼 그의 능력은 뛰어났다.

"일주일 전 일백 명의 수도사들이 세인트 할로이 수도원을 나섰습니다."

"평범한 수도사들은 아닐 테지요?"

초량의 물음에 카사바 후작이 고개를 끄덕였다.

"그리고 하루 차이로 세인트 아라스 수도원에서 일백 명의 수도사들이 나섰습니다."

카사바 후작의 표정이 좋지 못했다. 신성 제국이 본격적으로 움직였기 때문이다. 그 여파는 상당할 것이고.

"이백 명이라. 대단한 수군요."

"단순히 당하지만은 않겠다는 뜻일 겁니다."

초량은 고개를 끄덕이며 본론을 꺼냈다.

"폐하께서 중한 명을 내리셨습니다."

카사바 후작의 눈빛이 변했다. 지금까지 해 오던 일반적인 정보 수집이 아님을 짐작한 것이다.

"폐하께서는 신성제국의 시선이 어둠의 숲이 아닌 동방의 마교로 향하기를 바라십니다."

초량의 도움으로 카사바 후작은 어느 정도 동방, 중원에 대해 기반 지식을 가지고 있었기에 대화는 손쉽게 본론으로 들어갈 수 있었다.

"호오—."

카사바 후작이 이글거리는 눈빛으로 묘한 감탄사를 내뱉었다.

"덧붙이자면 마교가 서방으로 진출하게 한 것은 드루이드들이며, 드루이드의 도시가 마교의 전진 기지로 보이게 하라, 라고 명하셨습니다."

"흠."

초량의 말에 카사바 후작이 침음과 함께 생각에 잠긴 모습이었다.

그는 생각에 잠겨 몇 번 고개를 끄덕이거나 젓거나를 반복했다.

"생각보다 쉽겠군요. 이미 큰 틀을 내주셨으니."

카사바 후작의 말에 초량이 쓴웃음을 지었다.

"우리의 입장에서는 그다지 좋은 주군은 아니지요."

초량의 말에 카사바 후작 역시 고개를 끄덕일 수밖에 없었다.

"세세한 계획부터 짭시다. 그들이 어둠의 숲에 도착할 시간이 얼마 남지 않았으니."

단 하나의 난제를 제외하고, 판을 짜는 것은 어렵지 않았다. 문제는 그 하나의 난제였다.

"마교가 문제로군요."

이 계략이 성공하려면 반드시 마교인이 이곳에 있어야 한다는 전제 조건이 있어야 한다.

"흑탑."

"……?"

"카이만 후작이 있지 않습니까?"

초량의 말에 카사바가 무릎을 탁 쳤다.

"그렇군요."

"어차피 구색만 맞추면 되니. 카이만 후작이라면 흑탑이든 마법병단이든 소속 흑마법사를 이용해 강제로 납치해 올 수 있을 겁니다."

"더불어 마교 쪽에도 수도사의 시신을 뿌려놓도록 하는 것은 어떻습니까?"

"거기까지는 생각이 미치지 못했는데, 좋은 생각이군요."

주거니 받거니, 초량과 카사바 후작은 빠르게 계획을 마무리 지어 나갔다.

*　　　*　　　*

신강, 황폐하고 얼어붙은 삭막한 땅.

그 땅을 내려다보는 거산이 있었으니.

십만대산.

바로 마교의 본산이 자리한 곳이었다.

휘이이익—

황무지 땅만큼 거친 바람이 매섭게 할퀴고 있었다.

십만 대산 중턱, 마교 본산이 내려다보이는 주봉 정상에 한 무리의 인물들이 모습을 드러냈다.

바로 야현과 그의 수하들로, 소수의 인원이었지만 그 면면을 보자면 모두 가진 바 능력이 출중한 인물들이었다.

카이만이 이끄는 흑탑의 수석 마도사들과 마법병단 소속 대대장들, 드루이드 장로를 비롯해 뛰어난 능력을 가진 젊은 드루이드들, 그리고 베라칸이 이끄는 혈랑 기사단이었다.

반면, 사도련 출산 사파인들과 이제는 남궁세가의 일원이 된 과거 일살문 출신의 무인들은 현재 어둠의 숲에 집결해 있었다.

그들은 초량의 지휘를 받아 수도사들을 습격하고 유인할 것이다.

"무슨 생각을 그리하십니까?"

베라칸이 우두커니 마교 본산을 내려다보는 야현의 정적을 파고들었다.

"황량하지만 중원의 냄새가 좋군."

길다면 길고, 짧다면 짧은 시간을 베라칸도 야현과 함께 중원에서 보냈다. 그런 자신도 반가운데 야현은 태어난 고향이니 그 감정이 자신보다 더하면 더하지 못하지 않을 것이다.

야현은 베라칸에게 부드러운 미소를 보이며 뒤를 돌아보았다.

수하들은 이미 준비를 마친 상태였다.

하지만 야현은 다시 마교 본산을 쳐다볼 뿐 명을 내리지 않았다.

그 이유는.

스으윽—

잠시 후 야현 옆으로 한 그림자가 모습을 드러냈다.

남궁세가의 가주이자 일살문 문주인 남궁위였다.

"예상대로 주요 마인들이 빠져나간 터라 방어가 허술한 곳이 몇 군데 되옵니다."

"자신감이겠지."

그 누구도 마교 본산으로 쳐들어오지 않을 것이라는.

"후후."

야현은 차가운 웃음을 지었다.

"적당한 자들을 찾았나?"

"두 대로 짐작되는 일백 명의 마인들입니다. 현재 그들의 숙소로 보이는 전각에서 휴식을 취하고 있습니다."

"전각이라."

야현은 고개를 돌려 카이만을 쳐다보았다.

"할 수 있겠나?"

"우히히히."

잠시 생각에 잠겼던 카이만은 이내 괴소를 터트렸다.

"그들이 나오는 문 앞에 텔레포테이션 대(大)진을 활성화시켜 놓으면 될 듯합니다."

"갑작스러운 공격이면 문이 아니라 창문으로도 나올 텐데."

"거리가 거리인지라."

무능한 것이라면 용서가 되지 않지만 능력을 넘어선 일까지 바랄 수는 없다.

"잘 되었군. 어차피 신성제국의 흔적을 남길 필요가 있으니."

야현의 손짓에 대기하고 있던 드루이드 장로 중 한 명이 재빨리 뛰어왔다.

"대충 들었지?"

"예, 폐하."

"그대들은 창문으로 탈출하는 이들을 공격해."

"명."

야현은 베라칸을 바라보았다.

"혈랑 기사단은 혹시나 모를 드루이드들의 안전을 책임지고."

"명."

마지막으로 남궁위를 보았다.

"그대들은 이목을 외곽으로 돌려."

"명!"

"좋아. 그럼 시작할까?"

야현은 날카로운 송곳니를 드러내며 마교 본산을 다시 내려다보았다.

야현을 시작으로 수하들은 마교 본산으로 몸을 날렸다.

*　　　*　　　*

"끄으으으."

마교 내단 소속 흑마단 제15대 대주는 지독한 두통을 느끼며 깨어났다.

"헙!"

동시에 물밀듯 밀려오는 기억에 그는 화들짝 눈을 뜨며 동시에 허리춤에 메인 검으로 손을 가져갔다. 그리고 빠르게 주변을 살폈다.

"으으으."

"헉!"

몇몇 소란스러운 신음과 함께 눈을 뜨는 수하들의 모습이 눈에 들어왔다.

흑마단 제15대주는 주변을 살폈다.

창문 하나 보이지 않는 꽉 막힌 석실.

"부대주."

흑마단 대주는 막 정신을 차리는 부대주를 불렀다.

"대원들의 수를 파악하게."

부대주의 명은 조장에게로 내려갔고 이내 15대 인원을 점검할 수 있었다.

"총원 100명 중 결원 24명, 현재 76명입니다. 그리고 결원 중에 제3조, 7조, 9조 조장이 들어가 있습니다."

"7개 조로 개편해."

어찌 돌아갈지 모르는 상황, 재빠른 수습은 필수였다.

"명."

부대주가 바삐 움직일 때 흑마단 대주는 위, 아래는 물론 사방을 에워싼 석벽을 유심히 살폈다. 그렇다고 함부로 석벽에 손을 대거나 하지 않았다.

"이쪽이 문이겠군."

그러나 섣불리 손을 대지 않았다.

"개편을 마쳤습니다."

대주는 그제야 석벽에서 눈을 떼고 뒤에 서 있는 수하들을 쳐다보았다.

"반 시진 동안 휴식을 취한다. 단, 석벽에는 접근하지 말도록."

대주의 명에 대원들은 알아서 자리에 앉거나 누워서 휴식에 들어갔다.

"어찌 된 일입니까? 이곳은 또 어디고요?"

부대주가 다가와 그제야 가슴에 담아두었던 말을 꺼냈다.

"나도 모르겠군."

대주라고 알겠는가?

적의 침입에 재빨리 무장하고 숙소 전각을 빠져나왔다.

그리고 정신을 차려 보니 이곳이었다.

침묵 속에 시간이 흐르고.

큭!

석벽에서 미세한 소리가 울렸다.

"전투 준비."

대주는 눈을 번쩍 뜨고는 검을 반쯤 빼며 나직하게 소리쳤다.

그 소리에 방만하게 휴식을 취하던 대원들은 언제 그랬
냐는 듯 빠르게 자리에서 일어나 병기에 손을 얹었다.

그극! 그르르르륵!

대주가 바라보는 석벽에서 먼지가 후두둑 떨어지며 단단
한 문이 열렸다. 문 앞으로 횃불로 이어진 긴 통로가 보였
다.

"흠."

대주가 깊은 신음을 흘리며 고개를 뒤로 돌려 수하들을
쳐다보았다.

그들의 굳건한 눈빛에 대주는 미약하나마 고개를 끄덕이
며 다시 통로를 쳐다보았다.

"2열로 통로를 빠져나간다. 선두는 내가 선다."

"대주님."

뒷말에 부대주가 깜짝 놀라 소리쳤다.

"제가 선두에 서겠습니다."

부대주가 대주를 어깨로 밀어내며 선봉 자리에 섰다.

"부대주!"

대주가 으름장을 놨지만 부대주의 표정은 변화가 없었
다.

"대주께서 살아남아야 우리도 살아남습니다."

부대주의 요지부동에 대주는 어쩔 수 없이 후미에 섰다.

"전진."

잠시 후 대주의 명이 떨어지자 부대주를 시작으로 흑마단 15대는 느리게 통로로 진입했다.

*   *   *

그 시각.

어둠의 숲 가장자리, 드루이드 도시로 들어서는 길목에 수도사들이 들어섰다.

"교우(敎友)들의 흔적이 더욱 또렷해졌습니다."

"거의 다 온 것 같군."

한 수도사가 묵직한 음성을 토해내며 주변을 살폈다.

"이곳에 자리한 어둠의 종족은 무엇이지?"

"파악되지 않았습니다."

이어진 보고에 수도사는 아무 말 없이 희미하게 이어진 숲길을 쳐다보았다.

"가지."

명령 아닌 명령에 잠시 길을 멈췄던 수도사들이 느릿하게 걸음을 내디뎠다.

그 걸음은 얼마 가지 않아 다시 멈춰야 했다.

"교우입니다."

급박하지만 속삭인 것처럼 자그만 목소리.

이들을 이끄는 주교급 수도사는 재빨리 몸을 날려 바위에 기댄 채 앉아 있는 수도사에게로 다가갔다. 핏기 없는 얼굴이나 축 늘어진 자세를 볼 때 이미 절명한 상태라 짐작되었지만 주교급 수도사는 목과 코에 손가락을 가져가 직접 확인했다.

"신의 가호가 있기를."

주교급 수도사는 성호를 그어 그의 마지막을 길을 안내한 후 그를 바닥에 눕혔다. 그리고 몸 곳곳을 빠르게 살펴나갔다.

"……!"

가슴에 그려진 붉은 글씨.

피로 쓰인 글이었다.

당연히 그 피는 죽은 수도사의 찢긴 검지에서 흘러나온 것이었다.

주교급 수도사가 놀란 것은 단지 피로 가슴에 글을 남겨서가 아니었다. 바로 그 글의 내용 때문이었다.

금단의 산맥 너머 미지의 땅, 동방에서…….

악마들이 몰려온다.

마신을 믿는 그들이 신성한 이 땅에 지옥의 설법을

전파하러.

그들을 불러들인 이는 바로, 주신과 교단의 적, 잊혀
진 자들, 드루이드.

부디 이 글을 신성제국에 알려다오.

"미안하오, 교우시여."

주교급 수도사는 다시 한 번 성호를 그은 후 날카로운
단도를 꺼내 죽은 수도사의 인피를 벗겨 냈다. 그리고 고
이 품에 넣었다.

"이제 어쩌시렵니까?"

이대로 회군하여 교황청에 소식을 전할 것인지, 아니면
좀 더 깊숙한 곳으로 들어가 정황을 살필 것인지를 부주교
급 수도사가 물어온 것이었다.

"흠."

고심에 찬 신음.

소식을 전하는 것도 중요하다.

그러나 그 소식이 진실인지 파악하는 것 또한 중요하다.

"가르시는 건 어떻습니까?"

"몇몇은 이 소식을 알리고, 나머지는 진위를 파악하는
것이 어떠신지요?"

"좋은 생각이군요. 자칫 소식이 끊어지는 것도 배덕이

니.”

주교급 수도사는 자리에서 일어나 품에 잘 챙겨두었던 인피를 부주교급 수도사에게 넘겼다.

“교우께서 날쌘 이들 몇을 뽑아 이 소식을 빨리 교황 저하…….”

주교급 수도사의 말이 끝나기도 전에.

쿠드드드드득!

주위에 거대한 나무가 땅에서 솟아나 방벽을 쳤다.

“드루이드들이다!”

수도사들의 정적이 깨졌다.

콰드드드득!

동시에 땅에서 석물이 튀어나왔다.

석물 사이로 검은 머리에 검은 눈동자를 이질적인 사내들이 우르르 몰려나왔다.

“저놈들이로구나! 간악한 마신을 따르는 동방에서 건너온 이들이!”

처음으로 주교급 수도사가 격노한 음성을 터트렸다.

“반드시 이 사실을 교황청에 전해 주시오.”

“아, 알페온 주교.”

“그럼 주신의 품에서 봅시다.”

주교급 수도사가 양팔을 교차하며 일갈을 터트렸다.

"주신의 뜻으로, 악을 정화하는 화염이 되리라!"

그 일갈에.

"주신의 뜻으로, 악을 정화하는 화염이 되리라!"

"주신의 뜻으로, 악을 정화하는 화염이 되리라!"

팟!

주교급 수도사를 필두로.

이백 명의 수도사들이 마교의 흑마단 제15대를 향해 달려들었다.

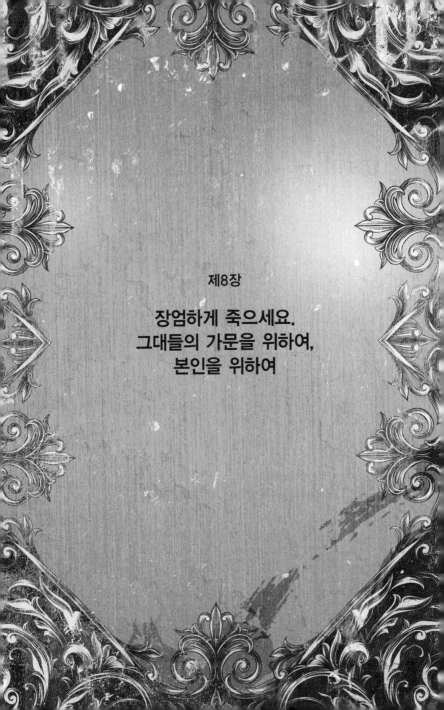

제8장

장엄하게 죽으세요.
그대들의 가문을 위하여,
본인을 위하여

십여 명 남짓이 생활하는 자그만 수도원.

댕— 댕— 댕—

가볍지도, 그렇다고 무겁지도 않은 종소리가 어느 수도원의 아침을 깨웠다.

아직 해도 뜨지 않아 앞이 잘 보이지 않는 새벽, 젊은 수도사가 경건한 자세로 마당을 쓸고 있었다.

"음?"

묵언 수행을 하듯 그 어떤 잡소리도 내지 않던 수도사가 마당 구석 검은 무언가에 처음으로 반응을 보이며 다가갔다.

"헙!"

수도사가 헛바람을 들이켰다.

검은 무언가는 바로 피로 얼룩지고, 찢어져 넝마가 된 수도사복을 입은 수도사였던 것이다.

"교우님."

젊은 수도사는 화들짝 놀라 피투성이의 수도사를 들쳐 메고 수도원 안으로 뛰어들어 갔다.

"큰일, 큰일 났습니다."

"경건한 아침에 무슨 호들갑인가?"

늙은 수도원장이 카랑카랑한 목소리로 젊은 수도사에게 호통을 쳤다.

"원장님."

"이, 이런."

뒤늦게 젊은 수도사의 등에 업힌 피투성이의 수도사를 발견한 수도원장은 화들짝 놀랐다.

"내 방으로 모셔라."

수도원장은 피투성이 수도사를 자신의 방으로 데려가 침 대에 눕혔다.

"으으으으."

마침 정신을 차린 듯 피투성이 수도사가 미약한 신음을 흘렸다.

"정신이 드시오?"

"여기."

젊은 수도사가 그사이 맑은 물을 가져와 정신을 차리는 피투성이 수도사의 입에 흘려주었다.

"쿨럭, 쿨럭!"

수도사는 물을 조금 마시는가 싶었지만 이내 토해내고 말았다.

"여기는……?"

그래도 물기에 정신을 차린 듯 피투성이 수도사는 흐릿한 눈을 껌뻑이며 물었다.

"자그만 수도원이요. 일단 치료부터 해야겠소이다."

수도원장은 피투성이 수도사를 다시 침대에 눕히려 했다.

"감사하옵니다, 주여."

피투성이 수도사는 안도의 눈빛을 띠며 힘겹게 성호를 그었다.

"이미 늦었소. 주께서 이 몸을 부르시고 계시오. 쿨럭."

말을 하다 말고 피투성이 수도사는 검은 피를 토했다.

피가 사방으로 튀었지만, 수도원장과 젊은 수도사는 아랑곳하지 않는 모습이었다.

"……그보다."

피투성이 수도사는 부들부들 떨리는 손으로 품에서 마르지 않은 인피를 힘겹게 꺼냈다.

"교, 교황청에……. 어서 빨리……. 악마들이…… 오고 있……."

마지막 말조차 끝내지 못하고 피투성이 수도사의 몸이 아래로 꺾였다.

*　　*　　*

인피를 든 교황의 손이 풍에 든 듯 떨렸다.

"이, 이게 사실인가?"

놀람인지 분노인지, 아니면 그 둘 다인지.

교황의 목소리는 차분함과는 거리가 있었다.

"그러하옵니다. 교황 성하."

이미 그의 손을 한 번 거쳐서일까, 케리안 추기경의 목소리는 비교적 차분했다. 그러나 표정은 확실히 굳어있었다.

"교황 성하, 하멜이옵니다."

"들어오시게."

허락이 떨어지자 단단한 체구의 갈색 수염이 멋들어진 중년 사내가 안으로 들어왔다.

신성제국 성기사단 총기사단장 하멜이었다.

케리안 추기경과 하멜 총기사단장은 물과 기름처럼 밋밋하게 눈인사를 나눴다.

"무슨 일이시옵니까?"

"우선 이것을 읽어보시게."

교황은 인피를 하멜 총기사단장에게 넘겼다.

몇 글자 읽어내려 가지 않아 하멜 총기사단장의 눈이 부리부리하게 떠졌다.

비록 말을 입 밖으로 꺼내지는 않았지만 충분히 그의 분노를 느낄 수 있을 정도였다.

"교황 성하."

걸걸한 목소리가 거칠게 바뀌었다.

"수많은 아이들이 목숨을 던지고 얻은 것일세."

하멜 총기사단장은 눈을 감으며 성호를 그었다.

"이건 주에 대한 도전이옵니다. 성전을 선포하셔야 하옵니다."

그리고 다시 분노를 표출하였다.

"가능하겠는가? 금단의 산맥 너머 미지의 땅일세."

교황은 총기사단장 하멜의 말에 케리안 추기경을 보며 물었다.

"쉽지 않을 고난의 길일 것이옵니다."

"거룩한 주의 길에 고난쯤이 무슨 대수겠소."

하멜 총기사단장이 케리안 추기경을 잡아먹을 듯 되받아 쳤다.

"하멜 총기사단장. 아직 말이 끝나지 않았습니다."

케리안 추기경은 표정의 변화 없이 다시 교황을 보며 말을 이어갔다.

"그러나 저들도 넘어왔으니 우리라고 못할 바가 아니라 사료되옵니다. 다만 많은 피가 흐르겠지요."

"주의 뜻이 온 세상에 전파될 수 있다면 수천 수만의 피가 대수겠습니까? 하물며 마신의 사악함을 전파하려 넘어온 자들이옵니다!"

하멜 총기사단장은 목에 핏대를 세웠다.

"케리안 추기경, 그대의 생각은 어떤가?"

"중차대한 일입니다. 추기경 대회의를 통해 가야 할 길을 정함이 옳다 보옵니다."

"마음을 다스리지 못하고 추태를 보였구먼. 루베른."

교황은 손을 들어 비서 루베른을 불렀다.

"예, 교황 성하."

"추기경들에게 급보를 보내게."

"바로 처리하겠습니다."

루베른이 나가고.

"그리 알고 준비할 것이 있으면 해 놓으시게."

교황은 자리에서 일어나 집무실 한편에 마련된 개인 기도실로 향했다.

*　　*　　*

"신성제국 교황청에 추기경들이 모이고 있사옵니다."

초량의 보고에 야현이 책을 덮었다.

"일단은 순조롭게 진행되는 모양이군."

"안건은 마교를 향한 성전이옵니다."

이어진 보고에 야현은 고개를 돌려 카사바 후작을 쳐다보았다.

"일 처리가 제법이군. 마음에 들어."

"감사하옵니다, 폐하."

카사바 후작이 기쁨을 감추지 않고 허리를 숙였다.

"과연 그들이 성전을 선포하며 금단의 산맥을 넘겠나?"

"미친놈들이니 넘지 않겠사옵니까?"

"초량."

야현이 담담하게 불렀다.

"예, 폐하."

"그대는 다 좋은데, 과감성이 적어. 그 한 가지가 아쉬워."

초량의 표정이 굳어졌다.

"동방에서 건너온 혈성파 소속 사파인들 있지."

"그중 목숨을 버릴 백 명만 뽑아."

"……?"

"대가는 훗날 사도련 재창설 시 상가에 편입시키는 동시에 그에 걸맞은 무공 및 기반을 하사한다고 전해."

"그 말씀인즉슨."

"마교의 이름으로 죽어야지. 신성제국 심장부에서. 장엄하게."

야현은 다시 책을 펼쳤다.

"그렇게 진행하도록 하겠습니다."

"명!"

초량과 카사바 후작은 복명과 함께 자리에서 일어났다.

＊　　＊　　＊

백여 명의 사파인들이 드루이드 도시 넓은 광장에 오와 열을 맞춰 부복해 있었다. 그들 앞에 초량, 카이먼, 카사바 후작, 그리고 드루이드 지도자 아체로가 서 있었다.

야현이 그 앞에 서자 초량이 옆으로 다가서며 말했다.

"이번에 목숨을 버릴 이들입니다."

야현은 엎드려 있는 그들을 내려다보았다. 그리고 그들 중 가장 앞에 엎드려 있는 세 명의 사내들에게로 다가갔다.

"이번에 투입되는 독수장, 영사문, 귀부문의 수장들이옵니다."

"수장들?"

그 말은 이들이 장문인과 문주들이란 소리다.

문파의 장로급 인사가 올 것으로 예상했었는데 이건 그 이상이다.

그렇기에 야현의 얼굴에 조금은 놀란 표정이 지어졌다. 그러나 놀란 표정은 이내 사라지고, 슬픔이 담겼다.

"일어들 나라."

야현은 몸을 일으키는 세 명의 중장년 사내들에게 걸어가 한쪽 무릎을 꿇고 눈높이를 맞췄다.

"독수장 장문인이옵니다."

"낯이 익네."

"영사문 문주이옵니다."

"그대도 기억이 나는구만."

"귀부문 문주이옵니다."

"사사가와의 전쟁에서 그대의 활약이 기억나는군."

야현은 세 수장의 손을 일일이 잡아주며 슬픈 눈, 그러나 부드러운 미소와 목소리로 화답해 주었다. 혈성파 내에서도 워낙 미미한 존재인 가문들이었기에 그들은 야현의 말 한 마디 한 마디에 감격 어린 모습을 보였다.

"그리고 미안하네. 그대들에게 죽으라 명을 내려서."

야현의 목소리는 매우 담담했다.

그렇기에 세 수장의 마음을 더욱 건드렸다.

"아니옵니다."

"아니야. 이 몸이 못난 것이네."

영사문 문주의 말에 야현이 고개를 저었다.

"내 목을 걸고 약속하지."

야현은 세 수장의 눈을 일일이 마주했다.

"그대들도 본인이 혈황의 전진을 이어받은 것을 잘 알 테야."

야현의 말에 세 수장이 묵묵히 고개를 끄덕였다.

"그대 세 가문에게 혈황의 일부를 전수하지. 그리고 문파 재건에 힘을 보태주겠네."

"주, 주군."

"……주군!"

"끄윽!"

세 수장은 감격을 이기지 못하며 야현을 바라보다 바닥

에 머리를 쿵 소리가 날 만큼 찧었다.

"반드시, 반드시 화려하게 이 목숨을 버리겠사옵니다!"

누군가가 감정을 담아 울부짖듯 외쳤다.

"내가 이것밖에 줄 수 없음을 탓하고 탓하게나."

야현의 말에 엎드린 세 수장의 몸이 바르르 떨렸다.

잠시 후 세 수장이 자리에서 일어나고, 그들의 손짓에 청년 셋이 다가왔다.

"이후 문파들을 책임질 소문주들이옵니다."

초량의 말에 야현은 고개를 돌려 세 명의 청년들을 바라보았다.

야현은 세 소문주들에게 짧지만 강한 인상을 준 후 몸을 일으켰다.

그리고 그를 따라 백여 명의 사파인들도 자리에서 일어났다.

"부탁하네."

야현의 굳은 표정에 세 수장들은 오히려 희미한 웃음을 보였다.

"우리의 죽음은!"

영사문 문주가 목에 핏대까지 세우며 우렁찬 목소리로 외쳤다.

"영광이 되어 돌아올 것이다!"

그의 외침이 끝나자.

"우와아아아아!"

"와아아아아!"

백여 명의 사파인들은 악을 쓰듯 소리를 질렀다.

죽으러 가는 길이다.

"가자!"

영사문 문주의 짧은 명령에 언제 그랬냐는 듯 백여 명의 사파인들은 독기 품은 얼굴로 걸음을 내디뎠다. 그리고 그들이 걸음을 멈춘 곳은 열 개의 임시 워프 게이트 마법진 중앙이었다.

"우히히히!"

대기하고 있던 카이만이 괴소를 터트리며 워프 게이트 마법진 안을 쳐다보았다.

일일이 모든 임프 게이트 마법진을 살핀 카이만은 마법진을 발현시켰다.

푸학!

어둡지만 역설적으로 밝은 빛무리와 함께 백여 명의 사파인들의 신형이 사라졌다.

*　　　*　　　*

신성제국 수도.

그리고 그 중심 교황청.

신이 허락한 땅이어서일까, 교황청은 어느 왕궁보다도 웅장하고 성스러웠으며 화려했다.

성스럽고 화려한 신성제국 수도와 교황청에 어둠이 깔렸다.

시간이 흘러 모두가 잠이 들었을 시각.

저벅 저벅 저벅.

십여 명 안팎의 근위병 소대가 순찰하는 소리만이 모두가 잠들지 않았음을 간간이 알려주었다.

신의 보호를 받는다는 것에서 온 용기, 아니면 자긍심일까. 교황청을 둘러싼 성곽은 높지도 두텁지도 않았다.

사사삭!

열 명씩 무리를 지은 이들이 조용히 성곽을 넘어서고 있었다.

은밀히 교황청으로 잠입해 들어가는 이들은 바로 영사문을 비롯한 사파인들이었다.

이름도 붙여지지 않았고, 숫자도 붙지 않은 어느 조의 조장이 손을 들어 올려 순찰을 도는 근위병의 존재를 수신호로 알렸다.

그 수신호에 사파인들은 빠르게 흩어져 어둠 속에 몸을

숨겼다.

잠시 후.

어둠을 밝히는 횃불과 함께 열 명 남짓한 화려한 복장의 근위병들이 모습을 드러냈다.

근위병들에게서 방만함은 느껴지지 않았다. 지만 그렇다고 철저한 수색을 하는 것도 아니었다. 뭐라고 할까, 돌고 도는 익숙함 속에 절제를 지켜낸 모습이라고나 할까?

아마 저들도 그런 생각을 하고 있을지 모른다.

그 누가 신성제국의 수도, 교황청을 침입할까, 라고 말이다.

횃불이 만들어낸 빛을 피해 몇몇 조원들은 후미진 곳으로 몸을 숨겼다.

조금만 유심히, 세세히 살폈다면 충분히 발견할 수 있었겠지만, 근위병들은 무심히 그들을 지나쳐 가고 말았다.

그들의 뒷모습이 눈에 들어오자.

팟!

조장이 먼저 검을 뽑아들며 빠르게 그들의 뒤를 덮쳤다.

서걱!

서걱!

근위병의 몸을 가르는 소리가 그들이 내뱉을 고통에 찬 비명보다 빨랐다.

"으아악!"

이어 죽어가는 근위병의 입에서 비명이 터졌다.

마치 그 비명이 하나의 신호가 된 것처럼 사파인들이 근위병들을 덮쳤다.

근위병들은 제대로 맞서지도 못하며 무차별적으로 죽어나갔다.

피를 흠뻑 뒤집어쓴 조장과 조원들.

'죽여라, 가장 잔인하고 난폭하게. 원한이 머리에서 발끝까지 꿰뚫을 정도로.'

문주가 내린 마지막 명령이었다.

"가자!"

나직한 조장의 명에 조원들은 대답 없이 이름도 알지 못하는 건물 안으로 뛰어들어 갔다.

*　　　*　　　*

소박한 침소에서 잠을 자고 있던 케리안 추기경은 이질적인 소음에 눈을 떴다.

그리고 눈을 몇 번 깜빡이다가 계속 이어지는 소음에 귀를 기울였다.

"으아악!"

비명.

케리안 추기경은 미간을 굳히며 빠르게 자리에서 일어났다.

콰당!

때를 맞춰 문이 거칠게 열렸고, 보좌주교가 안으로 헐레벌떡 뛰어들어 왔다.

"적, 적이 침입했습니다."

땡땡땡땡땡!

동시에 종탑에서 적을 알리는 종소리가 거칠게 울리고 있었다.

"부국장은?"

"지금 올라오고 계십니다."

"기사단은?"

"지금쯤 보고가 들어가지 않았을까 싶습니다."

그 말은 확실하지 않다는 뜻.

"일단 국장님 명으로 청 내 대기하고 있는 화염의 수도사들에게 교황 성하와 추기경들의 안전을 보고하게끔 하였습니다."

보좌주교의 보고에 케리안 추기경은 안도의 한숨을 옅게 내쉬었다.

"다행이군."

케리안 추기경은 빠르게 옷을 갖춰 입었다.

콰과과광!

폭음과 함께 붉은 섬광이 창문을 넘어 들어왔다.

케리안 추기경은 안색을 더욱 굳히며 창문을 활짝 열어 젖혔다. 그리고 불길에 휩싸인 건물을 보며 입술을 깨물었다.

쐐애애액!

그때 창문 밖에서 섬뜩한 파음이 케리안 추기경의 목을 노리고 날아왔다.

"이놈!"

케리안 추기경은 몸을 틀어 검을 피하며 노여움을 표출했다.

동시에 일갈을 기합처럼 내뱉으며 습격한 검은 그림자의 옷깃을 잡아 당겼다.

쿠당탕탕탕!

그 그림자가 벽면 책장과 부딪힌 후 책과 함께 바닥으로 쓰러졌다.

콰직!

그림자가 일어나기 전에 케리안 추기경은 빠르게 달려들어 주먹을 휘둘렀다. 단 일격에 가슴이 함몰되며 그림자가 피를 토해냈고, 이내 시신이 되어 바닥으로 쓰러졌다.

"저, 저기!"

보좌주교가 손을 떨며 창문 너머 교황청 가장 높은 종탑을 가리켰다.

새하얀 바탕에 붉은 역삼각형이 그려진, 신성제국을 상징하는 교기.

그러나 그 교기가 있어야 할 자리에 검은 바탕에 처음 보는 악마, 아수라가 그려진 깃발이 펄럭이고 있었던 것이었다.

쾅!

케리안 추기경은 저도 모르게 창문 턱을 주먹으로 내려쳤다. 그의 얼굴은 분노를 참지 못해 부들부들 떨리고 있었다.

제9장

화를 내세요

일개 조가 별관으로 보이는 건물로 들어섰다.

"……!"

비단처럼 고급 천으로 보이는 새하얀 사제복을 입은 노년의 인물들이 눈에 보였다.

그들의 사제복은 그저 새하얗기만 한 것이 아니라 금실로 수놓아진 것이었고, 무엇보다 그들은 화려한 역삼각형의 주형물을 목에 걸고 있었다.

추기경.

보면 반드시 척살하라는 명령이 머릿속에 떠올랐다.

"죽여라!"

독수장 장문인은 그렇게 외치며 십여 명의 추기경들을 향해 몸을 날렸다.

쿵!

그런 그를 막아서는 이가 있었으니 바로 일반적으로 수도의 길을 걷는 수도사가 아닌 신성 제국의 은밀한 힘, 화염의 수도사들이었다.

허름한 수도사복 위에 커다란 로브를 걸친 한 수도사가 튀어나와 독수장 장문인을 향해 주먹을 휘둘렀다.

그의 주먹에서 느껴지는 은은하면서 광폭한 기운에 독수장 장문인의 눈이 반짝거렸다.

이곳에도 중원처럼 무공을 익힌 이들이 있다고 한다.

그리고 눈앞에 선 기이한 복장의 수도사.

'빗대자면 소림사의 땡중들과 비슷하다 하였지?'

화염의 수도사 특유의 적수공권에 대한 정보를 떠올리며 독수장 장문인 역시 맞부딪혀 나갔다.

'그러나 독공은 없다고 하였다.'

독수장 장문인의 눈에서 살심이 번뜩였다.

동시에 활짝 편 손바닥에 독이 담긴 검은 내력이 꿈틀거렸다.

"하앗!"

그가 강한 기합과 함께 일장을 내질렀다.

쾅!

금빛 신성력과 독을 담은 검은 내력이 부딪히며 강한 파장이 터졌다.

"끄악!"

독수장 장문인의 일장을 이겨내지 못한 수도사가 피를 토하며 허물어졌다. 그가 뿜어내는 피는 독에 물들어 검었다.

"마기를 쓰는 놈들이다! 화염으로 세상을 정화하라!"

어느 수도사의 명령.

"화염으로 세상을 정화하리라!"

"화염으로 세상을 정화하리라!"

"화염으로 세상을 정화하리라!"

건물 곳곳에서 모습을 드러낸 수도사들이 마치 한 몸처럼 한목소리를 내며 몸에 금빛 신성력을 두르고는 독수장 장문인이 조장으로 있는 열 명의 사파인을 향해 달려들었다.

팡! 팡! 팡!

독수장 장문인은 일개 문파의 수장에 걸맞게 강하고 패도적인 장권을 사방으로 터트렸다.

그 여파로 독의 시큼한 냄새가 별관 중앙 홀에 번져갔다.

"지, 지독한 놈들!"

제법 많은 수의 수도사들이 일장에 독에 중독되어 피를 토하며 죽어나갔지만, 그들은 마치 이성을 잃은 광자처럼 독수장 장문인을 향해 악착같이 달려들었다.

광신도.

독수장 장문인은 마치 서푼의 낱돈처럼 제 목숨을 버리는 수도사들의 광기에 질려가고 있었다.

그러나 그들에게 신을 향한 광기가 있다면 자신에게도 또 다른 광기가 있다.

독수장 장문인의 눈빛에 독기가 차올랐다.

이대로는 죽도 밥도 되지 않음을 느낀 독수장 장문인은.

'살을 내주고 뼈를 취한다!'

입술을 질끈 깨물었다.

펑!

어느 수도사의 주먹이 옆구리에 틀어박혔다.

생각 이상의 충격에 독수장 장문인의 입이 벌어지며 비명이 흘러나오려 했다.

하지만 독수장 장문인은 비명을 입안으로 삼키며 앞을 쳐다보았다.

수도사들이 만들어낸 인간 장벽 뒤에 선 늙은 추기경들.

비록 적잖은 내상을 입었지만 덕분에 수도사들이 만들어

낸 장벽 한 곳에 틈이 만들어졌다.

팟!

독수장 장문인은 이를 악물며 그 틈으로 파고들었다.

쾅!

다시 어깨에 틀어박히는 수도사의 주먹.

몸이 휘청일 정도로 강한 충격을 받았지만 확실한 대가를 받을 수 있었다.

독수장 장문인은 내상으로 인해 입가에 피를 흘리면서도 입가에 미소를 지었다.

드디어 겁에 질려 떨고 있는 늙은 추기경들을 바로 앞에 서서 바라볼 수 있었으니까.

"흡, 후―, 흡, 후―."

단내가 혈향에 섞여 비릿했다.

그러나 웃을 수 있었다.

'죽을 때 마지막 한 줌의 내력도 가져가지 않겠다!'

독수장 장문인은 모든 내력을 끌어올렸다.

검은 기운이 독수장 장문인의 몸에서 넘실거렸다.

팡! 파바바방!

독수장 장문인은 사방으로 독장을 날렸다.

"으아아악!"

"끄악!"

추기경들은 찰나에 독장에 죽어나가거나 그 독에 휘말려 죽어나갔다.

펑!

"끄윽, 쿨럭!"

수도사들이 독수장 장문인의 등과 다리에 주먹과 발을 내질렀고, 그는 단 한 차례 방어도 없이 오로지 추기경을 향해 독장을 내지르고 또 내질렀다.

쾅!

"꺼억!"

눈앞에 보이는 추기경이 대부분 쓰러졌을 때, 강한 충격이 머리를 뒤흔들었다.

척추가 부러진 모양이었다.

다리가 마비되고 정신이 혼미해졌다.

쿵!

독수장 장문인은 바닥에 무릎을 꿇으며 주저앉았다.

흐릿한 시야를 가득 채우는 주먹.

마지막이리라.

'다행이군. 죽으면서 웃을 수 있어서.'

독수장 장문인은 거대한 반석 위에 선 문파의 미래를 머릿속에 그렸다. 그리고 그 생각은 이내 끊겼다.

"뭐, 뭐라고?"

교황 집무실로 바삐 가던 케리안 추기경은 상황도 잊은 듯 걸음을 멈췄다.

"제2별관에 머물고 계시던 추기경 스물여섯 분이 사악한 종자들에게 죽임을 당하고 말았습니다."

하일린 부국장의 말에 케리안 추기경은 참담한 표정을 짓다가 입술을 깨물었다.

"화염의 수도사들은?"

"절반 이상 죽었고, 살아남은 아이들 중 다수가 지독한 독에 중독되어 사경을 헤매고 있습니다."

케리안 추기경의 얼굴이 붉으락푸르락 변했다.

"기사단은? 기사단은?"

"그것이……."

"왜 애꿎은 기사단을 탓하시는 게요?"

비아냥이 담긴 낯선 목소리에 케리안 추기경의 얼굴은 더욱 험악하게 일그러졌다.

"오, 오셨습니까?"

하일린 부국장이 몸을 돌려 인사했다.

그가 향한 방향에는 피칠을 한 갑옷의 장년 기사가 몇몇

기사들을 대동한 채 걸어오고 있었다.

신성 기사단 총기사단장 하멜이었다.

"너희들은 절대로 남 탓하면 안 된다. 알았나?"

하멜 총기사단장은 케리안 추기경과 하일린 부국장을 지나치며 수하들에게 말했다.

"옛!"

"옙!"

마치 보란 듯이.

케리안 추기경의 뺨이 바르르 떨렸다.

그 말을 하며 입꼬리를 말아 올리는 하멜 총기사단장의 조소를 보았기 때문이었다.

"그나저나 저것부터 어찌해야겠군."

하멜 총기사단장은 창문 너머로 펄럭이는 마교의 상징인 아수라 깃발을 쳐다보고는 눈살을 찌푸리며 교황의 집무실로 들어갔다.

"후우—."

케리안 추기경은 깊은숨을 내쉬어 겨우 마음을 추스른 뒤 교황 집무실로 향했다. 그렇다고 조금 전 모욕을 잊은 건 아니었다.

교황의 집무실에 들어선 뒤.

"어이없이 경비가 뚫린 신성 기사단의 책임을 엄중히 물으셔야 하옵니다!"

케리안 추기경은 교황에게 강한 어조로 말했다. 그리고 하멜 총기사단장을 슬쩍 일견했다.

누르락푸르락.

교황 앞이라 애써 분노를 참는 모습.

또한, 일차적 책임이 교황청 수비와 경비를 맡은 기사단에 있기에 반박하기도 힘이 들었다.

쿵쿵쿵!

그때 묵직한 문기척 소리와 함께 피투성이의 기사가 안으로 들어왔다.

"제1기사단장 코클루 교황 성하께 인사 올리옵니다."

"말씀하시게."

"본청에 침입한 사악한 종자들을 모조리 처리했사옵니다."

그 뒤로 케리안 추기경의 보좌주교 해리스가 안으로 들어왔다.

"도합 일백 명으로 그들 모두 검은 머리에 검은 눈동자를 한 낯선 생김새의 인물들이었습니다. 동방의 인물들로, 이번에 파악한 사악한 마신을 믿는 동방의 마교라는 집단의 추종자로 여겨집니다."

"흠."

교황은 무거운 신음을 흘리며 해리스 보좌주교를 향해
입을 열었다.

"추기경들의 피해가 크다고 하던데."

"……일흔다섯 추기경들 가운데 서른여섯 분이 이번에
유명을 달리하셨습니다."

"어찌."

교황은 잠시 눈을 감았다가 시간이 조금 흐른 뒤 눈을
떴다.

"화염의 아이들이 추기경을 지키지 않았는가?"

"면목이 없사옵니다."

케리안 추기경은 구겨진 얼굴로 허리를 숙였다.

"정보국에서 시신 등을 수습하고, 기사단에서는 다시 경
비를 세우시게. 그리고."

교황은 비서 루베른 대주교를 불렀다.

"추기경들을 대회의실로 모으시게."

여전히 담담하기 그지없는 교황의 목소리.

그러나 눈빛은 조용히 이글거리고 있었다.

느껴지는, 십만대산의 중심 천마성.

천마 천지악과 교내 주요 인물들이 중원으로 빠져나가며
한산하던 천마성에 오랜만에 사람들의 온기가 들어찼다.

그러나 그 온기를 느낄 수 없을 만큼 천마성엔 지독한 무거움만이 깔려 있을 뿐이었다.

천마성 중앙, 아수라 광장.

천마 천지악이 뒷짐을 지고 서 있었고 그 뒤로 마뇌가 공손히 허리를 반쯤 숙이고 있었다.

"다른 곳도 아닌, 다른 이들도 아닌 이곳에 적습(敵襲)이라. 우습게 보인 건가, 아니면 재미 삼아 벌인 건가?"

천마 천지악의 눈매는 매섭게 굳어 있었지만, 입가에는 어울리지 않는 미소가 슬쩍 걸려 있었다.

"보고해 봐."

"워낙 빠르게 치고 빠진 적습인지라 정확한 적의 숫자는 파악할 수 없으니 대략 일이백 명 정도로 파악되옵니다."

"그다지 많은 수는 아니군. 그리고?"

"이백 명가량 사망, 삼백 명이 크고 작은 부상을 입었으며 전각 세 개가 전소되었사옵니다."

"제법 피해가 있었군."

"그리고……."

"……?"

마뇌가 말을 흘리자 천마 천지악이 그제야 고개를 돌려 그를 바라보았다.

"내단 소속 흑마단 제15대, 76명이 파악되지 않고 있사옵니다. 제15대 소속 대원의 보고에 의한바 적습 즉시 전원 전각을 나섰으나, 그 후 본 적이 없다 하옵니다."

"흠."

"그리고 이번에 습격한 이들은 색목인들이었다 하옵니다."

"색목인?"

의외의 보고에 천마 천지악의 표정이 미묘하게 변했다.

"야현이 아니고?"

"그럴 가능성을 완벽히 배제할 수 없사오나 일단은 그의 소행은 아닌 듯하옵니다."

"이유는?"

천마 천지악의 반문에 마뇌가 손짓을 하자, 구석에서 대기하고 있던 웬 마인이 다가와 검은 비단에 쌓인 무언가를 들고 왔다.

검은 비단을 풀자 그 안에는 옷자락의 일부처럼 보이는 황금빛 역삼각형이 그려진 천 조각이 있었다.

"낯선 문장이군."

"알아본 바로는 천도 산맥 넘어 서방의 한 종교를 상징하는 문장이라 하옵니다."

하늘로 이르는 길을 가진 천도 산맥, 금단의 산맥의 또 다른 이름이었다.

"종교?"

"서방의 유일하다 해도 과언이 아닌 종교이옵니다."

"유일?"

흥미로워하는 천지악의 얼굴.

"그 종교의 수장을 교황이라 하온데 현재 신성제국의 황제이옵니다."

"제국?"

"제국이라 하나 가진 땅은 일개 현 정도로 작사옵니다."

"허울뿐인 자리인가?"

"그러나 서방의 모든 왕국의 왕실이 그 종교를 믿사옵고, 형식적이나마 그가 신의 대리자이자 황제로서 서방 왕국의 대관식을 주관하옵니다."

"호오."

천마 천지악의 입에서 옅은 감탄사가 흘러나왔다.

"대단하군."

그러면서 고개를 주억거렸다.

그런 그의 눈이 묘하게 반짝였다.

"그러나 그들이 왜?"

"신성 제국에 관련된 정보를 취합한 결과. 아마도 그들이 중원으로 진출하려는 것 아닌가 사료되옵니다."

"진출?"

천마 천지악의 미간에 주름이 그어졌다.

"그들은 수천 년 동안 전쟁을 해온 자들이옵니다. 자신들이 믿는 신 이외의 신들을 미신 혹은 마신으로 매도하며, 그들을 믿는 이들을 이단이라 하여 잔혹하게 말살하여온 집단이옵니다."

"하하하하하."

천마 천지악이 뜬금없는 웃음을 터트렸다.

"마신이라, 보기는 잘 보았군."

"교의 명령인지 아닌지 모르나 소수 인원이 전도의 목적을 가지고 천도 산맥을 넘었다가 충돌이 일어난 것이 아닐까 싶습니다."

"거칠고 험준한 산을 넘어 전도라. 그래 앞으로의 예상은?"

"서방에서의 그들의 위치나 피로 얼룩진 역사에 비춰볼 때 단발로 끝나지는 않을 것이라 사료되옵니다."

"흠."

천마 천지악은 처음으로 진중한 침음성을 삼켰다.

"총사의 말대로 된다면 성가신 일이 되겠군."

가뜩이나 사라진 사도련의 잔존세력이나, 하나로 뭉친 정파 무림맹에 집중해야 할 시점이었다. 거기에 여전히 모습을 드러내지 않는 야현까지.

"총사의 생각은 어떤가?"

"어떤 전쟁이든 승리하기 위해서는 뒤가 든든해야 하는 법이옵니다."

"무림맹과 야회는?"

"천마께서 존재하시는 이상 얼마나 많은 피가 흐르냐의 문제일 뿐, 중원은 언제든지 차지하실 수 있다 여기옵니다."

"그대가 본좌에게 기분 좋은 말을 할 때도 다 있군."

천마 천지악의 말에 마뇌는 허리를 한 번 숙였다.

"신성 제국에서 얼마나 많은 병력을 보내올지, 혹은 유야무야 넘어갈지 모르나."

마뇌는 잠시 숨을 고른 후 말을 이었다.

"실낱같은 금에 방죽이 터진다고 하였사옵니다."

"그 말은 잠시 중원 정벌을 미루자, 이 말인가?"

"굳이 미룰 필요는 없사옵니다. 다만 숨을 한 번 고른다 여기며 이번에 차지한 청해와 운남, 사천 일부를 확실히 흡수하여 착실히 다져놓을 필요도 없지는 않사옵니다."

"가는 걸음 좀 쉬다 가자?"

"그러하옵니다."

"쉬는 걸음이야 나쁘지 않다만 그다지 기분이 좋지 않군. 올지 안 올지 모르는 적을 기다려야 한다는 것은 말이야."

천마 천지악은 서쪽으로 시선을 옮겼다.

"그래도 혹시 모르니 서방 쪽 정보도 모아 봐."

"안 그래도 서장 쪽 정보만으로는 한계가 있어 준비하고 있사옵니다."

"총사."

"예, 천마시여."

"그냥 말이야."

"……?"

"내가 넘어가서 확 쓸어버리고 올까?"

"예?"

천마 천지악의 말에 마뇌는 그답지 않게 눈을 동그랗게 뜨며 그를 올려다보았다.

천마와 시선이 마주치자 마뇌는 황급히 허리를 숙였다.

"그대의 놀란 표정, 정말 오랜만이군."

"송구하옵니다."

"농담이야. 농담."

마뇌의 굳은 표정은 쉽사리 펴지지 않았다.

지금이야 가벼운 농담이라도, 최악의 경우 신성 제국이 대군을 몰고 천마성으로 쳐들어온다면 저 말은 농담으로 끝나지 않을 것이다.

　　　　　*　　　　*　　　　*

　"신성제국에서 교황의 이름으로 각국 왕국에 병력 차출을 권고하였사옵니다."

　카사바 후작의 보고.

　"생각 이상으로 화가 많이 난 모양이군."

　"다른 곳도 아닌 신성제국 심장부, 교황청에서 교의 중심이자 뼈대라 할 수 있는 추기경의 삼분지 일이 죽었으니, 그들의 자존심에 큰 금이 갔을 것이옵니다. 더욱이 일반 무력 집단도 아닌 종교 집단이니 쉽사리 넘어가지 않을 것이옵니다."

　"아무리 명목상 신성제국의 교황이 황제라고는 하지만, 각국의 왕들이 차출 명령을 받아들이겠나?"

　"받아들일 것입니다."

　"이유는?"

　"일단 교황이 신의 대리자이기 때문입니다. 더불어 신성 제국의 명령이 들어줄 수 있는 적당한 수준이기 때문입니다. 더불어 신성 제국 소속이 아니더라도 어느 곳에나 절실한 신자들은 넘치는 법이옵니다."

　"좋군."

야현이 입가에 흡족한 미소를 지으며 고개를 돌렸다.

그곳에는 뜻밖의 인물이 앉아 있었다.

그는 바로 흑오였다.

"마교는?"

"외양은 진군을 멈추고 숨 고르기를 하는 모양새이옵니다."

"신성 제국에 대한 방비에 들어간 모양이군."

"아무래도 지형적으로 서장과 가까운 터라…… 세세한 것은 몰라도 신성제국에 대한 대략적인 정보라면 어렵지 않게 구했을 것이옵니다."

야현은 다시 고개를 돌려 카사바 후작을 쳐다보았다.

"대략 예상되는 신성제국의 병력은?"

"예상이 쉽지 않으나 흘러가는 상황으로 보아 이삼만 명 규모의 병력이 꾸려질 듯하옵니다."

"크크크크."

생각 이상의 병력이었다.

"출전까지 예상 시간은?"

"평시라면 반년 이상이 걸리겠지만 상황이 상황인지라…… 석 달 정도면 금단의 산맥을 넘지 않을까 싶사옵니다."

"적어도 반년의 시간을 얻은 셈이군."

야현은 고개를 돌려 초량을 보았다.

"그 사이 어둠의 일족들을 일통하겠다."

"명."

이번에는 흑오.

"카이만과 잘 연계해서 마교의 움직임을 놓치지 말도록."

"명!"

"그 어떤 사소한 움직임이라도 놓치지 않겠사옵니다."

카사바 후작까지.

'그대의 얼굴을 보지 못한 것이 아쉽군.'

야현은 천마를 떠올리며 차가운 미소를 지었다.

제10장

모든 어둠의 일족에게 전합니다

다크 엘프 족을 뱀파이어 왕국으로 편입시키는 일은 생각보다 수월하게 끝났다.

뭐라 해도 가장 큰 대부족 셋 중 하나인 다프니 대부족은 본보기로 몰살당했고, 남은 두 대부족 중 카질라 대부족으로 이름을 바꾼 스펜다미 대부족과 시미다 대부족이 야현, 그리고 뱀파이어 왕국에 무릎을 꿇은 것이 가장 큰 이유였다.

다크 엘프 왕국 전체에서 세 대부족이 차지하는 힘의 비중은 삼분지 일에 달한다.

절반에는 못 미친다고는 하지만 결코 그 힘이 작다고만

할 수는 없다.

그런데 그 힘이 마치 거대한 해일에 단숨에 쓸려간 것처럼 무너졌다.

당연히 힘의 우위를 깨달은 다크 엘프 족들은 이미 굴복한 카질라 대부족과 시미다 대부족을 따라 백기를 들고 투항하였다.

그 결과 다크 엘프 왕국은 초량의 주도로 부족 공동체 형태의 조직을 버리고 통일된 하나의, 진정한 왕국으로 재편되었다.

그리고 초대 왕, 공왕으로는 카질라 대족장이 선출되었다.

당연히 시미다 대부족에서 불만이 튀어 나올 법했지만, 예상외로 조금의 반발도 없었다.

그 이유는 특이한 형태의 후대 왕의 선출 방식 때문이었다.

무조건 혈족으로 이어지는 것이 아니라 카질라 혈족과 시미다 혈족이 대를 이어 번갈아 선출되는 방식으로 합의를 이뤄낸 것이었다.

카질라는 비록 아들이 다음 왕위를 잇지 못하겠지만 손자가 이을 것이고, 무엇보다 자신이 왕이 되었으니 큰 불만은 없었다.

시미다 대부족은 드루이드들을 동원하고서도 뱀파이어 왕국을 등에 업은 카질라 대부족에 패배한 원죄가 있었다.

그렇기에 비록 대족장 자신이 왕에 오르지는 못하나 왕국의 제2인자인 대공 자리에 올라섰고, 제 아들이 다음 대의 왕이 될 수 있기에 흔쾌히 한발 물러난 것이다.

서로 윈윈(Win-Win)하는 모양새였지만 진정한 승자는 야현이었다.

두 혈족이 대를 이어 번갈아 왕에 오른다.

얼핏 둘 다 승자로 보일 수 있겠지만, 그리고 지금 당장은 아무런 불만도 없겠지만, 시간이 흘러 누군가가 욕심을 가지게 된다면 달라진다.

또한 서로가 서로를 경계하고 견제해 나갈 것이다.

어느 상대의 힘이 자신의 힘보다 커진다면 합의된 이 체계가 단숨에 깨질 수 있음을 머지않아 느낄 터이니.

왕의 힘은 당연히 대공의 힘보다 클 터, 그래서 대공은 야현의 직속 무력 단체인 마계수 기사단의 단장으로 임명해 놓았다.

어느 한 곳의 힘이 쉽사리 커지지 못하도록 교묘한 장치를 해 놓은 것이었다.

그렇게 온전히 한 걸음을 내디뎠고, 두 번째 걸음을 준비했다.

그 준비가 바로 대전 회의였다.

뱀파이어 왕국, 아니 제국.

대전 용상에 야현이 앉아 있었고, 좌우로 뱀파이어 왕국의 주요 수뇌부와 드루이드 지도자 아체로와 그 후계자 알베로, 그리고 다크 엘프 왕국의 공왕 카질라와 대공 시미다가 시립해 있었다.

"폐하."

"말하라."

"제국을 선포하심에 앞서 모든 어둠의 일족을 아우를 수 있는 새로운 국명이 필요하다 여겨지옵니다."

"음."

야현은 낮은 침음을 삼켰다.

어둠의 왕국들의 일통만을 생각했지 새로운 국명은 미처 생각지 못했던 것이었다.

"뱀파이어 왕국의 이름도 자랑스러우나 모든 어둠의 일족들을 품으로 안기에는 그 그릇이 작다 사료되옵나이다."

초량의 이어진 말에 드루이드와 다크 엘프 쪽의 인물들은 동감한다는 듯 고개를 끄덕거렸다.

"그 점은 미처 헤아리지 못했군."

야현은 고개를 끄덕였다.

동시에 몇몇 뱀파이어들의 눈가에서 불편함이 보였다.

또한 야현도 굳이 뱀파이어 왕국이라는 이름을 버릴 생각은 없었다.

"뱀파이어 왕국을 황제국으로, 다른 왕국은 공국으로 하여 일정한 체제 보장을 허락하는 연합국의 형태로 가는 게 좋겠군."

짧은 시간이었지만 고심 끝에 내린 중용적 결론이었다.

다크 엘프 왕국도 완전히 흡수하지 않고 공국으로 놔두었으니 큰 무리 없이 진행할 장점도 있었다.

"좋으신 생각이십니다."

초향도 생각한 것이 없지는 않겠지만, 현재 상황에서 이보다 더 좋은 방향은 없으리라 여겼다.

"국명은 어찌하면 좋겠나이까?"

초량이 다시 물었다.

"국명이라."

야현의 중얼거림.

그리고 고민.

그 모습에 모두가 침묵을 유지한 채 야현을 바라볼 뿐이었다.

국명을 정한다는 것.

중대지사를 넘어서는 중한 일이다.

그 주인을 앞에 두고 왈가왈부할 수 있는 일이 아니라

모두들 직감한 탓이었다.

"신성제국의 신이 빛의 신이라 했던가?"

굳게 닫혀 있던 야현의 입이 오랜 침묵을 깨고 열렸다.

"간단하게 가지. 암흑제국."

거창한 국명도 아니오, 화려한 국명도 아니다.

말 그대로 간단해 깔끔하게 느껴지는 국명이다. 동시에 어떤 제국인지 가장 확실히 알려주는 국명이기도 하였다.

"다음 행보는 어디로 결정했나?"

"늑대인간 왕국으로 결정하였나이다."

초량의 말에 모두의 시선이 베라칸으로 향했다.

"늑대인간 왕국이라."

마지막으로 야현의 시선이 베라칸으로 옮겨갔다.

"늑대인간의 왕이 크라샤였던가?"

"그러하옵니다."

늑대인간 부족은 다크 엘프 왕국처럼 부족들 연합국이었지만 좀 더 중앙집권적 형태의 왕국이었다. 늑대인간 중에서도 진골이라 부르는 은혈족이 대족장이자 왕으로 군림하고 있기 때문이었다.

현재 크라샤 왕은 베라칸의 사촌지간이었다.

동시에 베라칸이 부모의 복수를 하고 다시 찾은 왕의 자리를 그에게 양보한 것이었다.

"크라샤를 만나보고 와. 그대가 준 왕의 자리이니 거둘이도 그대여야 되지 않겠나?"

야현의 말에 베라칸이 허리를 숙였다.

"잠시 주군의 곁을 비우겠습니다."

야현이 고개를 끄덕이자 베라칸은 묵직한 걸음으로 대전을 나갔다.

"일단 상황을 보자고."

야현은 자리에서 일어나며 대전 회의를 마쳤다.

*   *   *

그 시각, 교황청.

"모든 왕국에서 답신을 보내왔사옵니다."

케리안 추기경의 말에 눈을 감고 있던 교황이 눈을 떴다.

"크고 적음의 차이는 있으나 모두 차출을 받아들였사옵니다."

"거룩한 주의 길을 걷는 것이니 당연한 결과일 터."

교황의 눈이 케리안 추기경에게로 향했다.

"대략적인 성전 기사단의 규모는 본 제국 신성 기사단 십(十) 기사단 중 오(五) 대를 비롯해 삼십 대(隊) 규모 삼천 명, 성전 병사단 일만 명 안팎이옵니다. 도합 일만 삼천 명의 규모이옵니다."

교황이 고개를 끄덕였고, 케리안 추기경은 다시 말을 덧붙여 나갔다.

"더불어 오대 마탑에서도 각각 오십 명씩 지원을 약속받았사옵니다."

"모든 병력이 집결하는 데에도 상당한 시일이 소비되겠군."

"그래서 성하께 재가를 받고자 하옵니다."

"말씀해 보시게."

"본 제국으로의 집결은 시일뿐만 아니라 상당한 자금도 소요되는바, 금단의 산맥과 인접한 베르탄 왕국으로 바로 집결하였으면 하옵니다."

"출전식은 어쩌고?"

"무례하옵게도 교황 성하께서 어려운 발걸음을 하셔야 할 듯하옵니다."

"주신을 위한 칼을 들었네. 내 그 무엇을 못할까."

교황은 잠시 눈을 감고 성호를 그은 후 다시 입을 열었다.

"그리하면 시일을 얼마나 당길 수 있겠나?"

"바로 각국에 통신을 넣으면 한 달 후면 집결할 수 있을 듯하옵니다."

"주의 이름으로 허락하네."

교황의 눈은 조용히 타올랐다.

*　　　*　　　*

"주군."

카이만이 차 한 잔의 여유를 즐기고 있는 야현에게로 다가왔다.

"흠."

카이만의 굳은 표정을 보자 야현이 입술을 한일자로 굳게 닫으며 신음성을 삼켰다.

"베라칸의 연락이 끊긴 모양이군."

"그러하옵니다."

카이만은 특유의 괴소도 없이 보고했다.

반면.

히죽!

야현의 입가에는 즐거운 미소가 지어졌다.

"카이만."

"예, 주군."

"이 자리가 말이야."

야현은 화려한 용상을 손바닥으로 가볍게 두들겼다.

"좋지. 좋아. 그런데 본인의 즐거움을 빼앗아 가기도 해."

그 말에 카이만의 입가에도 음산한 미소가 피어났다.

단 한 마디였지만 카이만은 야현의 내심을 짐작한 것이었다.

야현은 왕의 면모도 가지고 있지만 한편으로 뛰어난 장수의 면모도 가지고 있었다.

언제나 전장의 선봉에 섰으며 전쟁과 싸움을 즐겼던 이였다.

그러나 야현이 왕이 되고 황제가 되며 그러한 즐거움이 사라진 것이었다.

"제가 모시겠습니다. 우히히히."

괴소와 함께 카이만은 장난기 가득한 눈으로 말했다.

드르륵.

야현은 기다렸다는 듯 용상을 뒤로 밀며 자리에서 일어났다.

쿵!

카이만이 지팡이를 바닥에 찧자, 바닥에 마법진이 펼쳐졌고, 둘의 모습은 마법진과 함께 사라졌다.

그리고 그들이 모습을 드러낸 곳은 대초원이었다.

듬성듬성 나무가 들어서 있고, 푸른빛보다는 누런빛이 더 많은 풀밭 앞으로 거대한 석산이 우뚝 솟아 있었다.

석산은 여러모로 특이했다.

아래 초입부터 중턱까지 인위적으로 만든 수많은 사각형의 구멍들이 있었다. 간간이 산을 깎은 흔적도 있었다.

"다시 보는 것이지만 참으로 장관이지 않사옵니까?"

카이만이 석산을 바라보며 말했다.

저 거대한 석산이 하나의 성이자 저들의 보금자리였다.

야현은 석산 중앙, 거대한 바위를 깎아 만들어 웅장한 자태를 뽐내는 거대한 건물을 바라보았다.

왕궁이라고 말하기는 그렇지만 늑대인간 왕국의 진골, 은혈족 대족장이자 왕이 머무는 곳이었다.

빛 한 점 들어오지 않는 쇠창살로 막힌 석실에 베라칸이 가부좌를 튼 채 앉아 있었다.

"후회하게 될 거야."

베라칸이 눈을 뜨며 쇠창살 너머 한 인물에게 말했다.

은빛 머리를 한 사내는 뒷짐을 진 채 베라칸을 내려다보고 있었다.

크라샤.

현재 은혈족의 대족장이자 늑대인간 왕국의 왕.

"후회라."

크라샤의 눈동자가 잠시나마 흔들렸다.

베라칸은 그런 그의 눈동자를 보았고.

"그래도 우리는 초원의 전사들이다."

이어진 크라샤의 말에 피식 웃음을 터트렸다.

쇠창살을 단단히 두른 감옥에 갇힌 자와 어울리지 않는 웃음이었다.

그러고 보니 그의 몸은 깨끗했다.

큰 충돌 없이 스스로 걸어들어 왔으니 당연한 일이겠지만.

뿌우—

긴 고동 나팔 소리가 희미하게 들렸다.

"오셨군."

크라샤의 얼굴이 굳어졌다.

그 말에 베라칸은 조용히 눈을 감았고, 크라샤는 그런 베라칸을 잠시 일견한 후 몸을 돌렸다.

뿌우—.

긴 고동 나팔 소리는 석산으로 다가선 야현과 카이만에게도 들려왔다.

"기다리고 있었던 모양입니다."

"그랬겠지. 아둔한 녀석은 아니었으니까."

야현은 크라샤를 떠올리며 대답했다.

석산이 수많은 그림자로 분주해지더니 수많은 석굴에서 수백 명의 늑대인간 전사들이 뛰어나왔다.

"순순히 당하지 않겠다는 의미겠군."

"우히히히."

야현의 말에 카이만이 마법 지팡이를 꾹 쥐며 나직하게 웃었다.

성으로 치자면 성곽에 해당하는 석산 중턱에 크라샤를 비롯해 장로들이 모습을 드러냈다.

"오랜만이옵니다."

크라샤는 정중하게 야현에게 인사를 올렸다.

"환영 인사치고 상당히 격하군."

야현은 은은한 살기를 내뿜는 늑대인간 전사들을 잠시 본 후 히죽 웃었다.

"용무가 용무인지라 어쩔 수 없었습니다."

"늑대인간 일족답다고 해야 하나, 아니면 일국의 왕답다 해야 하나?"

"편하신 대로 생각하셔도 됩니다."

크라샤는 담담한 표정을 유지하고 있었다. 반면 그 옆의 장로들은 상당히 긴장한 표정이었다.

"베라칸은?"

"감금해 놓았습니다."

"그렇군. 이야기가 길어졌어."

야현의 말에 크라샤의 얼굴에도 긴장이 서리기 시작했다.

"자비를 베푸시기를."

"하하하하하!"

크라샤의 말에 야현이 대소를 터트렸다.

"이 상황에 자비라. 생각해보지."

야현의 말에 크라샤는 입술을 질끈 깨물었다가 소리쳤다.

"쳐라!"

드디어 떨어진 명에.

"아우우우우우!"

"아우우우우우!"

"아우우우우우!"

늑대인간 전사들은 목을 빼며 울음을 터트렸다.

전의를 끌어올린 전사들은 대부분 어린 전사들이었다.

반면 몸 곳곳에 상처가 즐비한 노련한 전사들의 긴장감은 극에 달해 있었다.

특히 일반 전사들과 다른 복장을 한 무력 단체 대장들의 표정은 더욱 심각했다.

그들 중 몇몇은 눈에 익은 이들이었다.

눈에 익었다는 말은 곧 베라칸의 전쟁에서 아군이었다는 뜻.

다시 말해 그들이 자신의 힘을 본 적이 있다는 뜻이기도 했다.

"흐음."

침음성의 끝이 묘하게 말려 올라갔다.

야현은 크라샤를 흘깃 쳐다보았다.

"이제 이유를 알겠군."

왜 크라샤가 베라칸을 감금하고 자신에게 적의를 드러냈는지 알게 되었다.

베라칸의 복수와 전쟁.

한 세대가 지나갈 정도로 긴 세월은 아니었다고 하지만, 짧은 시간도 아니었다. 지금 야현에게 호전적으로 다가오는 젊은 전사들에게는 피부에 와 닿지 않을 시간이었던 것이다.

"그래도 고약하군요. 우히히히."

크라샤는 스스로 풀어야 할 과제를 야현에게 던진 것이다.

"그러게 말이야."

야현은 히죽 웃으며 몸을 살짝 낮췄다.

"어디 놀아볼까?"

기대했던 피비린내 나는 전투는 아니었지만, 이것 또한 나쁘지 않기에 입가에 미소가 지어졌다. 동시에 손톱이 길게 자라났고, 송곳니가 더욱 길어져 입술을 비집고 나왔다.

"크흐으으."

특유의 울음을 나직하게 토해내며 야현은 전투형으로 변신하고는 달려오는 전사들을 쳐다보았다.

"크하앙!"

가장 선두에서 달려오던 한 어린 전사가 늑대의 울음을 터트리며 야현을 덮쳤다.

"크하앗!"

야현도 울음을 터트리며 신형을 날렸다.

쐐애애액!

어린 전사가 날카로운 발톱을 휘둘렀다.

야현은 가볍게 몸을 젖혀 발톱을 피하고는 품으로 파고들어 복부에 주먹을 휘둘렀다.

"깨앵!"

뒤틀린 비명을 들으며 야현은 수도로 뒷목을 쳐 깔끔하게 기절시켰다.

그리고 우르르 달려드는 늑대인간 전사들 사이로 뛰어들어 갔다.

"흠."

전장을 내려다보는 크라샤의 표정이 좋지 못하다.

슬쩍 뒤에 서 있는 장로들의 얼굴을 보니 곧 죽을 사람처럼 새하얗다 못해 누렇게 떠 있었다.

"하아—."

크라샤는 저도 모르게 한숨을 내쉬었다.

"어쩔 수 없는 일이옵니다, 전하."

그나마 제정신을 차리고 있던 장로 한 명이 깊은 한숨과 함께 말을 건넸다.

"왕명이라면 모두가 따랐겠지만, 내부적으로 강한 불만과 깊은 불신이 뒤따랐을 것이옵니다."

"아네."

"으아악!"

"끄아아악!"

그 사이에도 수십 명이 넘는 어린 전사들이 비명과 함께 쓰러지고 있었다.

"그래도 피가 튀지는 않고 있습니다."

"다행이군."

장로의 말에 크라샤는 그제야 전장에서 피가 흐르지 않음을 깨닫고는 안도의 한숨을 내쉬었다.

"제국을 세우기로 마음을 먹으셨다면 막을 수 없습니다. 단지 얼마가 걸리느냐는 시간의 문제일 뿐입니다."

크라샤는 장로의 말에 고개를 끄덕였다.

"하긴 그 누가 저분을 막을까?"

크라샤의 말에 장로가 쓴웃음을 지었다.

"우리의 목표는 제국 안에서, 다른 종족보다 우위에 서는 것입니다."

"그러려고 이러지 않나."

크라샤는 전장을 내려다보며 흔들리던 눈빛을 굳건히 만들었다.

"기다리게. 마무리할 시간이 되었으니."

"몸조심하시옵소서."

"그게 어디 내 뜻으로 되나? 자비를 바랄 뿐이지."

크라샤는 쓴웃음을 지으며 전장으로 단숨에 뛰어내렸다.

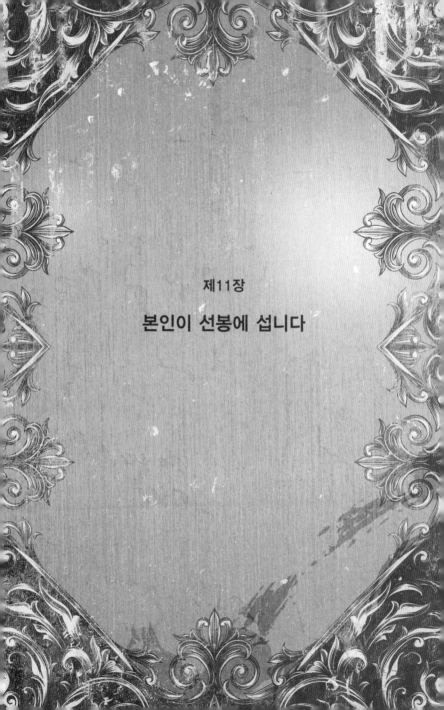

제11장

본인이 선봉에 섭니다

"크르르."

탐스러운 은빛 털의 꿈틀거리며 바닥에 쓰러진 어린 전사가 고개를 들어 전장을 바라보았다. 고통 때문인지, 아니면 눈앞에 펼쳐진 충격적인 장면 때문인지 한 어린 전사의 눈에는 핏발이 서 있었다.

"어, 어떻게……."

무릎을 꿇은 채 몸을 일으킨 어린 전사의 눈은 믿기지 않는 현실을 이겨내지 못하고 요동치고 있었다.

은빛의 어린 전사.

모킹스.

늦대인간 왕국의 왕 크라샤의 장자이자 은혈족의 소족장.

즉, 다음 대의 왕을 이을 왕세자였다. 또한, 허울뿐인 혈통만 이은 것이 아니라 실질적으로 어린 전사들에게 신망이 높았으며 그들을 잘 이끌어가고 있는 왕재이기도 하였다.

그리고 지독하리만큼 혈통 숭배자였으며, 자만처럼 느껴질 정도로 혈족에 대한 자부심이 컸다.

어느 날, 풍문으로 들었던 늦대인간 최고의 전사, 베라칸이 왔다.

그가 꺼낸 충격적인 말.

'주군께서 늦대인간 왕국을 원한다.'

고고한 늦대인간 혈족이 그 누군가에게 무릎을 꿇는다는 것도 상상하기 어려울진대 왕국 자체가 복속이라니.

꿈은커녕 상상조차 하지 않았던 일이었다.

무엇이 그리 무섭길래 아버지인 크라샤 왕부터 장로, 그리고 전사장들까지 분노하지 않고 침묵을 지키고 있는지, 그는 이해가 되지 않았다.

쇳덩이에 맞은 것처럼 멍했다.

왜? 왜? 왜?

침묵하는가.

야현이라는 이름이 가진 무게를 모킹스도 알고는 있었

다.

그러나 모킹스는 마치 신화처럼 일궈낸 그의 활약을 믿
지 않았다.

그래서 반발했다.

그리고 외쳤다.

이 싸움은 우리가 막아 보겠노라고.

그렇기에.

지금의 이 싸움.

어린 전사들의 반발.

이 모든 중심에 서 있었다.

툭!

그런 그의 옆에 크라샤가 뛰어 내려섰다.

"이제야 느끼느냐?"

크라샤의 말에 모킹스는 주먹을 말아 쥐며 고개를 떨구
었다.

"하오나, 하오나!"

모킹스는 다시 고개를 들며 소리쳤다.

"거대한 바람 앞에서는 잠시 몸을 숙였다가 가는 법이
다."

크라샤는 모킹스에게서 시선을 거두며 양발을 살짝 벌렸

다.

"크르르르르!"

크라샤의 몸이 비대해지며 매끈한 몸에 은빛 털이 솟아나기 시작했다.

손톱은 길고 날카롭게 변했고, 그는 곧 거대한 전투체로 변신했다.

그런 그의 앞에 야현이 섰다.

야현의 시선이 크라샤 뒤 모킹스에게로 옮겨갔다.

"좋은 눈빛을 가지고 있군요."

"크르르르."

모킹스는 자리에서 일어나며 낮게 울부짖었다.

"꺾이지 않는 신념이라."

야현은 크라샤에게로 다시 시선을 돌리며 물었다.

"그대의 자손인가요?"

"제 장자입니다."

"그럼 대를 이을 왕세자로군요."

"그렇습니다."

"흠."

야현의 시선이 다시 모킹스에게로 향했다.

그 시선이 마음에 걸린 듯 크라샤가 걸음을 옮겨 모킹스에게로 향하는 야현의 시선을 차단했다.

"대충 돌아가는 상황을 파악했습니다. 이제부터는 진짜 피를 볼 것 같은데."

야현이 주위를 둘러보며 말했다.

"계속할까요?"

어차피 더 이상의 싸움은 의미가 없다.

더욱이 가능하면 피를 보지 말아야 하기에 야현에게 있어서는 성가신 싸움인 것이다.

두두둑!

크라샤도 전투체를 풀며 팔을 내렸다.

"우히히히히."

그때 먼발치에서 멋쩍게 대기하고 있던 카이만이 다가왔다.

"오랜만이오."

"그렇구려. 우히히히."

가벼운 인사가 오가고.

"안으로 드시지요."

크라샤가 야현을 석산 내 왕궁으로 안내했다.

"손속에 사정을 두셔서 감사합니다."

"감사는 무슨. 내 사람들인데 피를 봐서 뭐가 좋다고. 안 그런가요?"

이미 늑대인간 왕국이 뱀파이어 제국의 그늘로 들어오는

것을 기정사실화하는 야현이었다. 너무나도 자연스럽게 말
하는 터라 크라샤도 무의식적으로 고개를 끄덕이다가 멈칫
거렸다.

그리고 뒤따라오는 모킹스를 슬쩍 쳐다보았다.

모킹스는 굳은 표정으로 묵묵히 따라오고 있었다.

"베라칸은 어찌하고 있나요?"

"임시 감옥에 있습니다."

야현의 걸음이 멈춰 섰다.

"사촌지간이라고 하나 피를 나눈 형제입니다."

그 말에 굳어졌던 야현의 표정이 풀어졌다.

"베라칸도 데려오세요."

야현의 명 아닌 명에 장로가 뒤따르는 전사에게 명했고,
전사는 임시 감옥으로 빠르게 사라졌다.

               *   *   *

대전.

가장 상석인 용상에 당연하다는 듯이 야현이 앉아 있었
다.

그 바로 좌측에 크라샤가 모킹스, 장로들과 자리했고, 우
측에는 카이만과 뒤늦게 합류한 베라칸이 시립해 있었다.

"대충 베라칸을 통해서 들었지?"

용상에 앉는 순간부터 야현의 말은 하대로 바뀌어 있었다.

"그러합니다. 그러나 직접 듣고 싶습니다."

크라샤는 야현의 입을 통해 확답을 듣고자 했다.

어려운 일이 아니었다.

"큰 틀은 뱀파이어 제국을 중심으로 한 연합국이야. 당연히 늑대인간 왕국을 비롯한 왕국들은 신하국이지. 그리고 내정간섭도 없을 것이고."

크라샤의 얼굴에 그제야 안도감이 묻어 나왔다.

"원하시는 바가 무엇인지 감히 물어봐도 되겠습니까?"

"원하는 바라."

야현은 크라샤의 질문에 모킹스를 바라보며 입을 열었다.

"이름이 모킹스라고 했던가?"

"그렇습니다."

기가 한풀 꺾였다지만 여전히 날이 선 목소리.

"그대라면 어둠의 종족들이 암흑 제국, 본인이 새로운 국명을 말하지 않았었군. 어찌되었든 암흑 제국의 깃발 아래 뭉쳤으면 무엇을 해야 한다고 생각하나?"

생각지도 못한 질문에 모킹스의 얼굴이 당혹감으로 물들

어 버렸다.

생각할 시간이 필요한지 모킹스는 잠시 고민에 잠긴 모습이었고, 야현은 조용히 그 시간을 기다려 주었다.

"각 일족의 번영이라고 한다면 너무 상투적이고, 좀 더 명확한 것을 원하신다면……."

모킹스는 야현을 빤히 직시하며 말했다.

"신성제국의 몰락 아니겠습니까?"

마치 할 수 있느냐고 묻는 듯한 대답에 야현은 피식 웃었다.

"맞아."

"예?"

"그대의 말이 맞다고. 본인이 하려는 일이 바로 그거야."

모킹스는 당황한 듯 눈이 동그랗게 떠졌다.

"크라샤."

"예."

"한 5년 정도, 저 녀석을 내게 주지 않겠나?"

"……?"

"쓸 만한 듯하니 한번 키워볼까 해서."

야현의 눈길이 베라칸을 잠시 스쳐 지나갔고, 당연히 크라샤의 눈도 그에게로 향했다.

모킹스는 당황을 넘어서는 야현의 말에 저도 모르게 입

을 쩍 벌렸다.

반면 크라샤의 얼굴은 진중하게 변했다.

"신성제국이랑 한 판 붙을 거라서 목숨은 책임 못 져."

크라샤는 야현이 단순히 볼모를 원한 것은 아님을 알아차렸다.

"알겠습니다."

"대충 오십 명 안팎으로 해서 수하들도 붙여주고."

"그리하겠습니다."

"다음은 가고일 왕국이니까 병력 준비해 놔."

"가고일 왕국 말씀이십니까?"

크라샤의 안색이 굳어졌다.

가고일 왕국은 그 어떤 교류도 없는 어둠의 일족 중에서도 가장 폐쇄적이다.

단순히 폐쇄적인 것이 문제가 아니라 마족의 후예라고 거론될 만큼 어둠의 일족 중 가장 강력한 무력을 가진 종족이었다.

"저 녀석은 병력 보낼 때 같이 보내고."

야현은 별다른 일이 아니라는 듯 가벼운 미소를 지었다.

*   *   *

가고일 왕국.

왕국이라 부르지만 규모가 얼마인지, 또 어디에 있는지는 어둠의 종족일지라도 모른다. 말 그대로 베일에 싸인 곳이다.

그러나 영원한 비밀은 없는 법.

드루이드 지도자 아체로가 가고일 왕국에 대해서 알고 있었던 것이다.

"가고일 왕국은……."

야현을 비롯해 대전에 모인 모든 이의 시선이 아체로에게로 쏠렸다.

"하로스 왕국의 갈리오스 공작령입니다."

잠시간의 정적.

"하로스 왕국의 갈리오스 공작령?"

야현이 되물었다.

"그러하옵니다."

아체로의 대답에.

"하하, 하하하. 크하하하하하!"

야현은 무릎을 치며 대소를 터트렸다.

하로스 왕국은 뱀파이어 왕국과 맞닿은 삼왕국 중 일국이며, 지리적으로 어둠의 숲과 연관을 짓기 어려울 정도로 거리가 있었다.

하로스 왕국의 갈리오스 공작가는 어떤 의미에서 꽤 유명하다고 할 수 있다.

　갈리오스 공작은 하로스 건국 초대왕 하로스 1세의 절친이자 그를 도와 왕국을 세운 건국 공신이기 때문이다.

　일등 공신으로 무소불위의 권력을 손에 쥘 수 있었음에도 갈리오스 공작은 하로스 왕국 변방 오지를 영지로 삼고 은둔했다.

　그 세월이 천 년이 훌쩍 흘렀지만, 여전히 갈리오스 공작가는 세상으로 나오지 않았다.

　하로스 왕국의 잊혀진 공작가.

　그게 바로 하로스 왕국의 갈리오스 공작가였다.

　"대단해. 정말 대단해!"

　그 얼마나 기막힌 발상인가.

　어찌 야현이 대소를 아니 터트릴 수 있고, 무릎을 치지 않을 수 있겠는가 말이다.

　"그래서 그 누구도 가고일의 왕국을 찾을 수 없었던 것이로군."

　야현은 턱을 쓰다듬으며 고개를 끄덕였다.

　"지리적으로도 나쁘지 않아."

　공식적인 영지라면 신성 제국의 등 뒤에 비수를 꽂기에도 좋은 법.

"소신이 걱정하는 바가 있사옵니다."

아체로였다.

"무엇인가?"

"과연 가고일 왕국을 제국의 이름 아래 편입시킬 수 있겠느냐이옵니다."

"쉽지 않겠지."

솔직한 평.

"정 안 되면 멸족시켜야지."

야현의 입가에 미소가 지어졌다.

"천 년 동안 은둔한 가문이니 누가 가주가 되더라도 의심을 받지 않을 터. 안 그런가?"

야현이 초량을 보며 물었다.

"그러하옵니다."

"가고일이라."

낮게 중얼거린 야현은 대전에 자리한 수하들을 보며 입을 열었다.

"본인이 선봉에 선다."

"아니 되옵니다!"

초량이 단숨에 목소리를 키웠다.

"고서에 따르면 가고일은 마계에서 쫓겨난 마족의 혈족. 그 힘은 가히 드래곤에 필적할 정도라고 한다."

"드래곤이라 하시면."

"용(龍), 신수(神獸), 혹은 영물(靈物)이라고도 하지."

초량의 표정이 급격히 굳어졌다.

야현의 힘은 강하다.

그것은 뱀파이어들도, 드루이드들도, 흑마법사들도, 다크엘프들도, 늑대인간들도 마찬가지다.

그러나 어디까지나 초인의 범주에서 벗어나지는 못한다.

그러나 용은 다르다.

인간의 힘으로, 아무리 인간의 한계를 뛰어넘은 초인이라고 하여도 용을 상대할 수 없다.

"마계에서의 힘이 그렇다는 거야. 그리고 이곳은 마계가 아닌 지상계이고."

야현은 손가락으로 바닥을 가리켰다.

"그 힘이 온전하다면 그렇게 숨어 살지 않겠지. 물론 그렇다 하여도 강하겠지만 말이야. 그대가 생각하기엔 어떤가?"

야현은 고개를 돌려 아체로에게 물었다.

"정확한 바는 모르겠으나 저는 갈리오스 공작, 그러니까 가고일의 왕 앞에서 절대적인 공포를 느꼈사옵니다."

"그래?"

입술은 웃고 있었지만, 야현의 눈빛은 깊게 가라앉았다.

"공작령 모든 인물들이 가고일은 아닐 테고."

아무리 은둔의 영지라고 해도 공작령은 공작령.

인구수만 해도 족히 만 단위가 넘어갈 것이다.

"그렇지는 않사옵니다. 은둔한 것은 오로지 공작가뿐, 공작령에도 사람은 살고 있으니 적지만 외부와 교류는 이뤄지고 있사옵니다. 소신의 생각에는 공작가 인물들과 기사단 정도만이 가고일이 아닐까 하옵니다."

"알려진 바로는 기사단은 하나뿐이지?"

"일반적으로 일백 명이 일대를 구성하는 것과 달리, 갈리오스 공작가의 붉은 날개 기사단은 오십 명으로 구성되어 있다고 알려져 있습니다."

"직계 수가 아무리 많다 하여도 일백 명은 넘지 않겠군."

가고일 왕국이 어디인지 알아내자 제법 많은 것들이 유추되었다.

"문제는 가고일 왕국이라고는 하나 표면적으로는 하로스 왕국의 공작령이라는 것이옵니다. 어둠의 숲에 자리한 다른 왕국들과 달리 일반적으로 전쟁을 통해 편입시키기 어렵사옵니다."

야현의 미간이 좁아졌다.

그것이 문제였다.

공작령에는 아무것도 모르는 일반 백성들이 있다. 일반

인들이 죽건 말건 그다지 신경 쓸 게 못 되지만, 문제는 하로스 왕국의 엄연한 공작령이라는 것이었다.

"골치 아프군."

조용히, 은밀히는 전쟁과 전혀 어울리지 않는 말이다.

소수로 치자니 막대한 피해가 걱정되고, 다수의 힘으로 누르자니 보는 눈이 너무 많다. 그러한 것이 어찌 되었든, 가장 큰 문제는 가고일의 힘을 정확히 모른다는 것이었다.

가고일을 제외한 제국을 건설하는 방법도 고려해 볼 만했으나, 그러기엔 가고일이 가진 상징성이 너무나도 컸다.

"가고일 왕국의 편입을 잠시 늦추는 것은 어떻사옵니까?"

다크 엘프 왕국의 카질라 왕.

다크 엘프 왕국은 애초에 공국으로 편입시켰으나 여러 가지 상황을 고려하여 왕국으로 승격시켰다. 사실상 큰 차이는 없었지만.

"시간적 여유가 있다면 그리하는 것도 나쁘지 않겠지. 그러나 우리에게 주어진 시간은 그다지 많지 않아."

"우히히히."

카이만이 괴소를 터트리며 입을 열었다.

"공작성에 외부와 차단하는 결계 마법진을 치고 한판 붙으면 되지 않겠습니까?"

"역시 그 방법밖에 없는가?"

야현은 팔걸이를 손가락으로 톡톡 두들기며 생각에 잠겼다.

"어찌 생각하나?"

야현이 고민 도중 초량에게 물었다.

"가고일 왕국, 갈리오스 공작령을 포기하기에는 그들이 가진 이점이 너무나도 큽니다. 시간적 여유가 없는 지금으로서는 카이만 후작의 말처럼 시행하는 것이 최선으로 여겨지옵니다."

"흠."

야현은 짧게 침음을 삼키며 다시 입을 열었다.

"다른 생각 있나?"

수하들은 침묵으로 답변을 대신했다.

"아체로 대공."

공국으로 편입된 드루이드.

"예, 폐하."

"어느 정도의 수면 적당하겠는가?"

"최대 일천 명까지는 가능할 듯싶사옵니다."

"일천이라."

야현은 고개를 끄덕이며 초량에게 명을 내렸다.

"정예로 편제하라."

"명."

초량의 복명.

"본인이 선봉에 선다."

단호한 야현의 목소리가 대전에 나직하게 울려 퍼졌다.

＊　　　＊　　　＊

해가 지고.

북적거리던 길에 인적이 사라지고.

초승달이 밤하늘 꼭대기에 걸렸을 시각.

갈리오스 공작령, 공작 집무실에 갈색 머리의 중년 사내가 시간이 멈춘 듯 안락의자에 앉아 창문 너머 깜깜한 밤을 바라보고 있었다.

그는 하로스 왕국의 건국 공신인 갈리오스 공작이었다.

"오늘따라 자네가 보고 싶군."

갈리오스 공작은 유일한 인간 친우였던 하로스 초대 국왕을 떠올리며 중얼거렸다.

세상은 변하는데 그는 변하지 않는다.

시간은 흐르지만, 그의 시간이 멈춘 것이나 매한가지다.

비단 그만일 것인가?

아니다.

그도, 그의 일족들도 시간은 멈춰 있었다.

그들의 시간만 멈췄을까?

갈리오스 공작이 눈에 들어오는 공작성 역시 그들과 함께 시간이 멈춰 있었다.

"휴우—."

갈리오스 공작은 나직하게 한숨을 내쉬었다.

질식할 것만 같은 이 상황에 십여 명은 스스로 소멸을 선택하였다.

'이대로 소멸하는 것인가?'

쓴웃음이 슬프게 지어졌다.

자손을 낳지 못하기에, 현실에 지쳐 스스로 소멸하는 일족의 수는 늘어갈 것이고 그렇게 천천히 소멸되리라. 마치 천천히 죽어가는 인간들처럼.

지금 이대로는 안 된다는 것을 알지만 그렇다고 무엇을 할 수도 없었다.

갈리오스 공작은 독한 위스키가 담긴 술잔을 단숨에 비웠다.

"후후."

빈 술잔을 바라보는 갈리오스 공작의 입에서 자조 섞인 웃음이 흘러나왔다.

술은 마시지만 취하지 않는 몸.

지금 느끼는 이 맛이 진실한 맛일까 싶다.

습관처럼 마신다.

취하지도 않는 술을.

다시 습관처럼 잔을 채우던 갈리오스 공작의 움직임이 멈췄다. 권태감이 짙게 배어 있는 눈동자가 창문 너머로 향했다.

후우우우웅!

검고 투명한 빛이 공작성을 에워싸고 있었다.

'흑마법?'

탁.

갈리오스 공작은 위스키 병을 다시 탁자에 내려놓으며 자리에서 일어났다. 그리고 창문을 열고 밖을 내려다보았다.

그사이 어둠의 마나를 담은 투명한 막이 공작성을 온전히 감쌌다.

갈리오스 공작의 눈이 공작성 영주관 앞 넓은 광장으로 향했다.

그곳에 한 인물이 서 있었다.

먼 거리 떨어져 있었지만 갈리오스 공작은 그를 볼 수 있었고, 그도 자신을 보는 듯했다.

'뱀파이어?'

음침한 기운.

그리고 투기.

그럼에도 갈리오스 공작의 눈에 담긴 권태로움은 사라지지 않았다.

콰광! 와장창창창창!

창문이 부서지고, 창틀 돌이 부서져도 눈가를 살짝 찡그릴 뿐, 눈동자에 담긴 감정은 달라지지 않았다.

제12장

그대들은
본인의 날개가 될 것입니다

야현은 저 멀리 우뚝 솟은 공작관 아성(牙城) 창문으로 한 사내를 올려다보았다.

흔들리는 눈동자를 느낀 야현은 서둘러 눈을 감았다. 깊게 숨을 내쉬며 동요하는 마음을 추슬렀다. 그리고 미소를 지으며 눈을 떴다.

눈과 입술은 웃고 있지만, 손바닥은 어느새 땀으로 축축하게 젖어 있었다.

'대단해.'

멀리 떨어져 있어도 그의 힘을 느낄 수 있었다.

천마.

그가 떠오른다.

손바닥을 적시는 땀의 양만큼 끓어오르는 투기에 애써 지은 웃음이 진짜 웃음으로 바뀌었다.

"크크크크크."

살기 어린 웃음이 미소 지은 입가 사이로 흘러나왔다.

어떻게 저런 자가 세상에 알려지지 않았나 싶다.

아니 알려질 수 없는 건가?

어찌 되었든.

"이래야 재미있지."

내일이 없는 것처럼, 목숨을 걸어라.

그래야 적이 죽고 본인이 산다.

"크크크크."

타닥! 다다다다닥!

야현의 뒤로 일천의 병력이 모습을 드러냈다.

뱀파이어 기사들을 시작으로, 늑대인간 전사, 드루이드, 다크엘프 전사, 흑마법사와 마지막으로 사천당문에서 급파된 무인들과 혈사파 무인들이었다.

그들이 모습을 드러내자 기다렸다는 듯이 백 명에 가까운 인물들이 영주관을 중심으로 여러 건물에서 나와 그들 앞에 섰다.

'금안이군.'

특이한 점은 그들의 눈동자가 금색이라는 것이었다. 그 외에 인간과 다른 점은 찾을 수 없었다.

병기조차 가지지 않았고 특별할 것 없어 보였지만 은은하게 감도는 특유의 기운에 야현은 이들이 가고일임을 느꼈다.

'영생의 종족.'

야현은 분노하는 가고일 사이에 무미건조하고 권태로운 눈빛을 띤 가고일들을 보았다.

야현은 눈동자가 붉게 변했다.

권능, 투시로 빠르게 건물들을 살피며 기감으로 주변을 살폈다.

이들이 전부.

들은 바에 의하면 가고일의 수는 대략 백 명이 넘어간다고 했다. 그러나 앞을 가로막은 이들은 백 명에 못 미친다.

수가 줄었다.

천 년이 넘는 시간 은둔한 이들이 외부로 외유를 나가지는 않았을 터.

'죽어가는 종족.'

야현의 입가에 띤 미소가 진해졌다.

"가라. 죽고 싶지 않다면."

거구의 사내가 앞으로 몇 걸음 나와 귀찮다는 듯 손을 저었다. 조용히 물러가면 아무 죄도 묻지 않겠다는 뜻이다.

피식 웃음이 터졌다.

거구의 사내도 그런 웃음을 보았다.

"영생은 때로는 눈마저 가리는 법이지요."

야현의 미소 속에 뾰족한 송곳니가 드러났다.

"뱀파이어로군."

거구의 사내는 미간을 찌푸렸다. 그리고 뒤늦게 야현 뒤에 서 있는 이들을 살폈다.

"흠."

미약한 신음.

무미하던 눈동자에 감정이 생겼다.

"어울리지 않는 조합이로군."

"그래 보입니까?"

"그래 보인다."

거구 사내의 낯이 조금 찡그러졌다.

그러나 그는 그 사실을 모르는 듯 무미건조한 목소리로 입을 열었다.

"그대는 누군가?"

"이런. 본인의 소개가 늦었군요."

"암흑 제국의 황제 야현이라고 합니다."

"······?"

"야누스라 불리기도 합니다."

거구의 사내가 고개를 갸웃거리자 뒤에 서 있던 한 사내가 다가가 귓속말로 무언가를 속삭였다. 은둔한 일족이라고 해도 아예 눈과 귀를 막고 사는 것은 아닌 듯했다.

"그렇군."

거구의 사내는 고개를 끄덕이며 야현을 바라보았다.

"암흑 제국이라."

그리고 작게 중얼거리며 야현을 응시했다.

"어둠의 일족이 하나가 된 것인가?"

"되고 있는 중입니다."

"되고 있는 중이라?"

야현의 대답에 거구의 사내는 그 말의 뜻을 모를 리 없으니 자연스레 목소리가 딱딱하게 변했다.

가고일임을 알고 찾아왔다는 말.

"그래, 네놈이었군."

거구 사내의 눈이 드루이드 지도자 아체로에게로 향했다.

"그간 강녕하셨나이까?"

"그대도 많이 늙었군."

거구 사내의 말에 아체로는 허리를 숙이는 것으로 대답을 대신했다.

"시간이 오래 흐르긴 흐른 모양이군. 어둠 속에 몸을 숨기고 살아가는 잡것들이 이빨을 드러낸 것을 보면."

거구 사내의 금안에서 안광이 폭사되었다.

잠든 맹수가 깨어난 것이었다.

야현은 여전히 아성에서 권태로운 표정으로 내려다보는 중년의 사내를 일견하며 몸을 짓누르는 거구 사내의 기운에 맞서 어둠의 기운을 폭사시켰다.

두 기운이 허공에서 부딪혔다.

비등비등한 기운이 서로 물어뜯겠다고 아귀다툼을 벌이니 사방으로 매서운 바람과 여파가 휘몰아쳤다.

거구 사내는 눈살을 찌푸리며 서서히 기운을 더욱 끌어올렸다. 그에 맞서 야현의 기운도 더욱 강해져 갔다.

찌푸려진 거구 사내의 얼굴이 더욱 일그러졌다.

반면 야현은 여유롭게 미소를 지어 보였다.

"크핫!"

결국 분노를 참지 못한 거구 사내가 야현을 향해 달려들며 주먹을 휘둘렀다.

후우웅!

막강한 힘이 담긴 주먹이었지만 느리고, 간결하지 못했다.

야현은 몸을 뒤로 젖혀 거구 사내의 주먹을 피하는 동시에 몸을 회전시키며 발을 내질렀다.

쾅!

단 일 퇴(腿)에 거구 사내는 뒤로 나가 떨어졌다.

"크허어엉!"

거구 사내는 벌떡 일어나며 마치 짐승의 울음처럼 들리는 일갈을 터트렸다. 웅크린 몸이 들썩였다.

그게 무얼 의미하는 것인지 야현은 잘 알고 있었다.

'진체(眞體).'

인간의 탈을 쓴 가고일이 아니라 마계에서 살아온 태고의 모습을 드러내는 것이었다.

찌지직!

피부가 찢어지고 인간 모습의 껍질을 깨며 검회색의 피부가 모습을 드러냈다.

촤아악!

등가죽이 터지며 마치 박쥐 같은 날개가 활짝 펼쳐졌다.

인간의 가죽을 벗어버린 거구 사내의 몸집은 더욱 커져 있었다.

윤기가 흐르는 검회색의 피부. 인간의 모습일 때는 아름답게 보이던 반짝이는 금안은 악마의 눈처럼 번뜩였다.

키는 2미터가 훌쩍 넘어 3미터에 달했으며 거대한 날개는 거구의 몸집을 더욱 크게 보이게 했다.

"크허어엉!"

짐승의 것보다 더욱 날카롭게 보이는 이빨을 드러내며 거구의 사내, 가고일은 포효했다.

"놀랍군."

감탄사와는 달리 야현의 표정이 처음으로 굳어졌다.

보는 것만으로도 숨이 막힐 정도의 압박이 느껴진다.

이런 자가 일백.

최소한 이자를 넘어서야 진짜를 만난다.

가고일의 왕.

갈리오스 공작을.

"재밌어."

야현은 저도 모르게 깃든 긴장감에 마른 입술을 혀로 적셨다.

『암흑 제국 황제라고 했던가? 제법 한 수가 있구나!』

인간의 껍질을 벗은 거구의 가고일은 귀성으로 말했다.

"크크크."

자연스레 내력이 일주천했다.

한 바퀴, 두 바퀴, 그리고 세 바퀴.

선천공.

제 이단.

오 갑자의 내력이 폭주하며 갑절이 되었다.

내력의 힘만으로 땅이 괴로운 듯 울고, 눈물을 흘리는 것처럼 자잘한 돌멩이와 흙먼지가 피어올랐다.

"실망 시켜드리고 싶지 않았는데, 마음에 드십니까?"

야현의 말에 오히려 거구의 가고일의 표정이 굳어졌다.

"크허어어엉!"

그 말에 상처를 입은 듯 거구의 가고일은 날개를 활짝 펴며 허공으로 날아올랐다.

"비행. 그대만의 것은 아니지요."

야현은 계단을 밟듯 허공을 밟으며 빠르게 거구의 가고일을 향해 뛰어올랐다.

그리고 어느새 날카롭게 자란 손톱으로 가고일의 얼굴을 향해 휘갈겼다.

사각!

핏방울이 튀었다.

깊지는 않으나 분명 벤 것이었다.

그러나 야현은 웃을 수 없었다.

거대한 힘이 야현의 몸을 짓누른 것이다.

콰앙!

거대한 무형의 기운에 야현은 몸은 바닥으로 처박힐 듯 날아갔다.

모두가 바닥에 처박힐 거라 예상한 그때 야현의 몸이 허공에서 멈췄다. 그의 몸은 서서히 허공으로 다시 떠올랐다.

입가에 흐르는 피를 야현은 소매로 닦았다.

『기이한 힘을 쓰는구나.』

거구의 가고일은 먹이 앞에 선 맹수처럼 여유롭게 말했다.

"이게 가고일의 힘이로군요. 신비하지만 별거 없군요."

가고일의 힘.

그건 순수한 마기였다.

무인들이 내력을 사용하듯 가고일은 순수한 마기를 무인들처럼 사용하는 것이었다.

다만 그 힘이 생각 이상으로 패도적이고, 그 힘의 근원이 독을 연상케 할 정도로 지독하다는 점이 문제였다.

순수한 마기.

단 일격에 몸이 시큰거릴 정도로 강하다.

어둠의 일족이라면 누구나 선망하고 가지고 싶어 하는 힘이다.

'그래서 한계가 있는 법이지.'

이 땅에 마기는 없다.

마기는 순수한 마계에나 존재하는 법.

이곳이 마계였다면 모르나, 이곳은 중간계.

"크크크."

야현은 그렇기에 웃었고.

"크하앗!"

일갈을 터트리며 다시 거구의 가고일에게로 날아올랐다.

쾅! 쾅! 콰과과과광!

묵직한 기파가 사방으로 휘몰아쳤다.

그 여파가 얼마나 크던지 공작성 건물들이 다 흔들릴 정도였다.

그 울림은 가고일의 왕, 갈리오스 공작이 서 있는 아성의 영주실도 피할 수는 없었다.

벽이 흔들리고 창문이 뒤틀려 먼지가 우수수 떨어짐에도 중년 사내는 무심한 눈으로 야현과 거구의 가고일의 격전을 바라보고만 있었다.

'소멸이 가까워진 것인가?'

멀리 떨어져 있어도 들었다.

암흑 제국.

거구의 가고일, 가고일 왕국의 붉은 날개 기사단 단장 팔라오가 어둠의 일족을 향해 잡것이라 불렀다.

잡것.

말 그대로 잡스러운 종족이다.

마계의 찌꺼기를 가진 천한 것들.

그러니 잡것이 맞다.

그러나.

잡것이 수십, 수백, 수천, 수만을 넘어 수십만이 되면 달라진다.

더 이상 잡것이 아닌 거인이 되는 것이다.

'아니면 날개가 되어 쓰임으로 끝나는 것인가?'

어둠의 종족들 사이에서 가고일이 가지는 위상을 갈리오스 공작은 잘 알고 있었다.

그냥 지나칠 수 있음에도 왔다.

거인으로 만족하지 않고, 위대한 종족인 가고일처럼 날개를 달기 위하여.

'그도 아니면. 이 땅에서 고귀함을 가질 것인가?'

갈리오스 공작은 와인이 담긴 잔을 비우며 하늘을 올려다보았다.

"크흐으으."

야현이 거친 숨을 몰아쉬며 앞에 선 거구의 가고일, 팔라오를 바라보았다.

『크르르르르.』

그에 반면 팔라오는 야현보다는 좀 더 편한 모습으로 살기를 드러내고 있었다.

둘의 싸움은 얼핏 보기에는 비등해 보이지만 야현은 알고 있었다.

자신이 반 수, 아니 한 수 뒤진다는 것을.

이 싸움의 끝은 자신의 패배가 될 것임을.

그러나 내친걸음이다.

주저앉을 생각이면 내딛지도 않았다.

"후우."

야현은 깊은숨으로 거칠어진 숨결을 다스렸다.

숨결이 가벼워지자 야현은 어금니를 꽉 깨물었다. 그리고 눈을 부릅떴다.

"크크크."

야현은 내력을 끌어올렸다.

그리고 선천공의 구결에 따라 내력을 일주천시켰다.

선천공, 삼단!

아직 성취하지 못한 미지의 단계.

그럼에도 야현은 선천공 이단을 넘어 삼단의 구결을 운용했다.

"크크크크크!"

혈도가 찢어지고, 핏줄이 터졌다.

야현의 입가로 굵은 핏물이 주르르 흘러내렸다.

야현은 광기 어린 눈으로 날개를 펄럭이며 자신을 내려다보는 팔라오를 올려다보았다.

야현의 상태를 느끼지 못할 리 없는 팔라오의 눈이 가늘어졌다.

스스로 죽겠다고 한 것인가?

팔라오는 고개를 저었다.

팔라오는 야현의 눈에서 야망을 보았다. 그런 자가 스스로 목숨을 버릴 리 없다.

그럼 무엇일까?

일말의 호기심.

얄팍한 호기심에 팔라오는 야현을 공격하지 않았다. 아니, 호기심보다 자신감이 만들어낸 자만심이 그리 만들었을지도 모르겠지만.

"크크크크크크크!"

야현의 웃음은 더욱 커져만 갔다.

눈의 핏줄이 터져 눈물처럼 피가 흘러내렸다.

"크하앗!"

결국 무너지는 몸을 이기지 못하고 무릎이 살짝 꺾이자 야현은 일갈은 터트리며 허공으로 날아올랐다.

『결국 아무것도 아, ……!』

눈앞으로 날아오던 야현의 신형이 사라졌다.

그 기운을 뒤에서 찾았을 때는 이미 늦었다.

콱!

야현이 팔라오의 등 뒤에서 그를 끌어안으며 송곳니로 목을 깨문 것이었다.

『크허어어어!』

팔라오는 야현을 떼어내기 위해 거칠게 몸부림쳤지만, 야현은 떨어지지 않았다.

야현은 곧 죽을 것처럼 모든 내력을 쥐어짜 그를 끌어안고 있었고, 혼미해지는 정신을 부여잡으며 그의 피를 빨고 또 빨았다.

흐트러지던 정신이, 마치 얼음장 같은 찬물을 확 뒤집어쓴 것처럼 깨어났다.

눈에서 흐르던 핏물이 멈추고, 충혈되었던 눈이 빠르게 아물어갔다.

어둠의 기운.

그 근원인 마기.

마기가 온몸을 휘감았다.

근원은 시작이며 뿌리이기에 무엇보다 순수하다.

순수하다는 것은 무엇보다 강하다는 의미이기도 하다.

찰나라고 해도 좋을 만큼 야현의 몸은 빠르게 아물어갔다. 아물어가는 몸이 선천공 삼단 구결에 다시 찢어졌다.

그렇게 찢어지고 아물고, 다시 찢어지고 아물기를 수차례.

흉포하게 몸을 찢어발기던 내력이 차츰차츰 순해져 갔다.

전처럼 강제로 적응시키는 것이 아니다.

어둠의 기운이 순수한 마기에 대항하지 못하고 무릎을 꿇은 것이다.

순수함은 근원이니.

어둠의 기운이 뿌리인 근원의 품에 안긴 것이 맞는 표현일지 모른다.

기운만이 그러할까?

아니다.

어둠의 기운으로 재구성된 육체다.

그 육체 역시 마기에 순응했다.

야현의 살과 뼈, 피와 기운이 마기에 순응을 하자.

『끄어어억!』

팔라오의 눈이 뒤집혔다.

탄탄한 근육이 급격히 말라가고, 윤기 흐르던 검회색의 피부가 푸석하게 바뀌었다.

『크허어어엉!』

『크하아앙!』

이제껏 뒷짐을 지고 구경만 하던 가고일이었으나 팔라오의 목숨에 칼날이 드리우자 가고일 셋이 진체를 드러내며 야현에게로 달려들었다.

쾅!

그러나 가고일 셋은 뜻을 이루지 못했다.

마기가 만들어낸 무형의 막에 가로막혀 죽어가는 팔라오와 야현에게 접근을 하지 못한 것이었다.

때를 맞춰 나서려던 뱀파이어 기사들도 걸음을 멈춰 세웠다.

타의로 지켜만 볼 수밖에 없는 상황.

모두의 시선이 팔라오와 야현에게로 향했다.

비단 공작성 광장에 모여 있는 이들만이 아닌, 아성에서 내려다보는 가고일의 왕, 갈리오스 공작의 시선도 있었다.

"흠."

야현이 등장하고 처음 나오는 신음.

무미건조하고 무색인 눈동자에 희미하나마 감정이 떠올랐다.

"그대는 진정 누구인가?"

와장창창창!

갈리오스 공작은 빈 잔을 바닥에 던지며 서서히 짙어지는 무형의 막을 내려다보았다.

투명한 무형의 막이 회색으로 물들기 시작했다.

회색은 검게 변했다.

그렇게 순수한 검은색으로 변했다.

변하지 않을 것만 같던 검은색이 다시금 변했다.

붉은색으로.

마치 맑은 유리병에 붉디붉은 핏물이 담긴 것처럼.

그 색에 갈리오스 공작의 눈이 처음으로 흔들렸다.

"허어."

감탄인지, 아니면 탄식인지 모를 신음만이 그의 입에서 흘러나올 뿐이었다.

* * *

휘이이잉—

삭풍(朔風).

신강에 위치한 거친 돌산에 십여 명의 사내들이 모습을 드러냈다.

"지랄 맞은 바람이군."

거센 바람에 한 사내가 큰 후드를 깊게 눌러썼다.

"조금만 힘을 내시오. 주께서 우리를 굽어살피고 계시오."

가장 상태가 안 좋아 보이는 장년의 사내가 탁한 음성으로 다른 이들을 달랬다.

고난의 행군.

신성제국의 선발대이자 길잡이다.

십여 명이 되는 사내들의 신분은 각양각색이었다.

고위 신관인 장년의 주교를 선두로 젊은 신관과 마법사, 그리고 이들을 보호할 신성기사들이 바로 그들이었다.

"저곳이옵니다."

이들과 또 다른 복색에 갈색 피부를 지닌 색목인이 안개 너머 위용을 드러내고 있는 거대한 산을 가리켰다.

그는 서역에서 고용한 길잡이였다.

"드디어!"

고위 신관인 주교는 무릎을 꿇고 하늘을 올려다보며 눈물을 흘렸다.

"주여."

그 말 한마디에 길잡이를 제외한 모든 이가 무릎을 꿇고 그들의 신을 향해 기도를 올렸다.

"신성제국에 걸린 깃발과 일치하는 깃발이 보입니다. 주교님."

마법사가 천리안 마법으로 천마성을 살핀 후 말했다.

"수고했네."

늙은 주교는 눈물을 소매로 훔치며 자리에서 일어났다. 그리고 품에서 애기 주먹만 한 금덩이를 꺼내 길잡이에게 주었다.

길잡이는 입을 귀에 걸고 빠르게 걸어온 길을 되돌아갔다.

"가세. 신의 전사들이 올 넓은 터를 찾아야 하니."

지친 걸음에 힘이 들어갔고, 그들은 빠르게 석산을 내려갔다.

*　　*　　*

베르탄 왕국에서도 가장 후미지고 낙후된, 금단의 산맥 아래 자리한 자그만 남작령.

인구수 일만도 되지 않는 이 자그만 남작령에 일만에 가까운 팔천의 군사가 집결하였다.

좁은 영지에 이 많은 수의 병력이 머물 곳은 없는 법.

영주성 뒤 금단의 산맥이 시작되는 넓은 숲의 나무가 베어지고 거대한 터가 만들어졌다. 그 터에 수백의 군막이 쳐져 있었다.

그 수만큼이나 다양한 국기가 휘날렸다.

특이한 점은 그 국기 옆에 모두 똑같은 문장기가 휘날리고 있다는 것이었다.

새하얀 바탕에 붉은 역삼각형.

신성제국을 상징하는 문장기이자 국기였다.

그러한 군막 앞 거대한 공터에 기사와 병사, 마법사들이 오와 열을 맞춘 채 임시로 마련된 단상을 바라보고 있었다.

군막만큼이나 다양한 기사들이나 병사들의 왼쪽 가슴에는 소속을 알리는 문장이 새겨져 있었다. 그리고 군막에 나란히 걸린 신성제국의 국기처럼 그들의 오른쪽 가슴에는 통일된 문장, 붉은 역삼각형이 자리하고 있었다.

그들과 조금 떨어진 곳에 오대 마탑의 마법사들이 역시 왼쪽 가슴에 신성제국의 문장을 단 채 서 있었다.

나라가 달라도, 때로는 적대적인 관계에 있는 나라일지라도 모두 하나의 깃발 아래 모인 것이었다.

주신.

크뤼엘이라는 신의 이름 아래.

둥둥둥둥둥둥!

묵직한 북소리에 조금은 흐트러져 있던 이들이 자세를 가다듬고 섰다.

북소리와 함께 각국 고위 대신들이 소수의 호위 기사와 함께 모습을 드러냈다.

그들은 금단의 산맥 아래 넓은 터에 마련된 단으로 올라섰다.

그리고 저마다 마음에 드는 자리로 찾아갔다.

특이한 것은 터 앞에 마련된 단은 하나의 편편한 단이 아니라 한 층 더 올려진 이(二) 단이라는 점이었다.

"교황 성하이옵니다!"

각국 대신들이 북소리에 맞춰 조용히 등장한 것과 달리 우렁찬 목소리와 함께 자줏빛 사제복을 입은 교황이 단으로 올라섰다.

그가 단에 올라서자 각국 고위 대신들은 자리에서 일어나 경건한 자세로 그를 맞이했다.

교황은 그들과 일일이 수인사를 나누고 축복을 내린 후 한 층 높은 단에 올라섰다.

그가 단상에 올라서자 마법사 한 명이 확성 마법진을 펼쳤다. 교황은 확성 마법진 앞으로 다가선 후 단상 아래 정렬한 팔천 명의 병력을 내려다보며 입을 열었다.

"여기 모인 그대들은 나라도 다르고, 소속도 다릅니다. 서로 목을 겨눈 적도 있었을 겁니다. 그러나 우리는 지금 오로지 한 분, 주의 이름 아래 모였습니다. 이 늙은 몸으로 그대들에게 무릎을 꿇고 허리라도 숙이고 싶지만 주의 이름이기에 그러하지 못함을 용서 바라오."

용서를 바란다는 파격적인 언사에 방만하던 분위기가 바뀌었다.

분위기가 좀 더 잡기 위해 잠시 뜸을 들인 교황은 천천히 입을 열었다.

"이 땅에 주의 영광이 함께 하고 있습니다."

"주여!"

"주여!"

"주여!"

이곳저곳에서 조용한 부름이 울려 퍼졌다.

자그만 목소리들이었지만 그 수가 적지 않아 제법 크게 터를 울렸다.

교황은 잠시 말을 끊으며 그 시간을 허락했다.

"주의 영광이 사악한 종자들에게 더럽혀졌습니다."

교황의 화술은 뛰어났다.

짧은 말 몇 마디에 분위기를 고조시킨 것이었다.

"사악한 마신을 믿는 종자들이, 이교도들이 우리의 땅을 더럽혔습니다. 그리고 그들은 이 땅에 더러움을 전파하려 합니다."

교황의 얼굴에는 분노가 드러났고, 그 분노는 다시 이곳에 모인 이들에게로 자연스레 이어졌다.

"무엇이?"

"이 땅에 더러움을!"

놀람을 넘어선 분노가 곳곳에서 터져 나왔다.

비단 이곳에 모인 군대만이 아니었다. 낮은 단상에 있던 각국 대신들도 놀란 듯 신음을 터트리는 자가 다수였다.

그저 신의 이름으로 행해지는 징벌쯤이라 여겼다.

그만으로도 영광스러운 출전이 아닐 수 없었다.

그런데 단순한 징벌이 아니었다.

도전이었다.

자신이 믿는 주에 대한 도전인 것이었다.

"그 사악함에 벌을 내리리라. 주의 이름으로 철퇴를 내리리라!"

교황의 마지막 외침에.

"와아아아아아아!"

"우와아아아아!"

이곳에 모인 팔천 명의 군사들은 저마다의 병장기를 빼어들고 함성을 질렀다.

그 함성은 자신들의 신에 대한 도전에 분노이기도 하였다.

그때 한 마법사가 교황의 비서인 루베른 대주교에게 다가와 무언가를 속삭였다. 이어 루베른 대주교가 교황에게로 다가갔다.

"무슨 일이신가?"

교황은 확성 마법진에서 조금 떨어져서 물었다.

"선발대가 자리를 잡았다는 전갈이옵니다."

"그래?"

교황은 잠시 생각에 잠겼다가 집결한 군대를 보고는 고개를 들어 하늘을 쳐다보았다.

정오를 막 지나고 있었다.

"각 수장들을 불러오시게."

교황의 말에 사열 가장 앞에 서 있던 수장들이 빠르게 다가왔다.

"교황 성하를 뵈옵니다."

"교황 성하를 뵈옵니다."

"교황 성하를 뵈옵니다."

성전기사단 총기사단장 하멜을 비롯해 성전병사단 총병사단장 타이푼, 그리고 마법병단 총병단장 게르만이 다가와 한쪽 무릎을 꿇으며 인사를 올렸다.

과한 느낌이 들 정도였지만 셋 모두 절실한 신자였기에 그들에게는 자연스러운 인사 그 이상도 이하도 아니었다.

"선발대가 자리를 잡았다고 하오."

"그 말씀은?"

"언제라도 사악한 이교도들에게 징벌을 내릴 수 있게 되었다는 뜻입니다."

칼 밥을 먹고 사는 이들이다.

어찌 그 말에 담긴 뜻을 모를까.

"모두가 든든히 배를 채웠나이다."

하멜 총기사단장이었다.

바로 출전할 수 있다는 뜻.

"기세가 올랐을 때 몰아치는 법이옵니다."

타이푼 총병사단장이 말을 거들었다.

교황의 눈이 마지막으로 서 있는 게르만 마법병단 총병단장에게로 향했다.

"이미 준비가 끝난 상황입니다."

"그럼 출전해 주시게."

"명!"

"명!"

"명!"

세 수장은 짧은 군례를 취한 후 제자리로 돌아갔다.

"신의 가호가 그대들을 보호할지니."

수장의 출전 명이 모두 전해지지 않았지만 감이라는 게 있다.

출전의 명이 떨어지는 것이었다.

"부디 저 무지한 동방에도 주의 깃발을 꽂으세요. 거룩한 주의 말씀을 전파하세요. 주의 이름으로 성전을 명합니다!"

"주를 찬양하라!"

"주를 찬양하라!"

"주의 길에 영광이 함께 하리!"

"주의 길에 영광이 함께 하리!"

신의 찬양 후.

"사악한 이교도들에게 징벌을 내리자!"

"우와아아아!"

"주의 말씀을 저들에게!"

"우와아아아아!"

"출전!"

광적인 함성이 공터를 넘어 금단의 산맥마저 뒤흔들었다.

* * *

천마성.

성곽 위에 흑마단 소속 마인들이 천도 산맥을 향해 철통같은 경비를 서고 있었다.

"흐아암!"

변화 없는 산을 장시간 지켜보기란 생각보다 지루한 일.

딱!

조장이 하품을 하며 눈물을 글썽이는 조원 마인의 뒤통수를 후려쳤다.

"아얏!"

"쯧. 어디 경비를 서는데 하품이야! 하품이!"

조장이 조원에게 얼굴을 들이밀며 윽박질렀다.

"헤헤. 설마 오겠습니까요?"

"확!"

조장이 다시 손을 들어올리자.

"아이구야."

조원은 익살맞게 몸을 웅크렸다.

"천마성이옵니다. 우는 아이도 뚝 그치게 한다는 천마성이요. 감히 미치지 않고서야 쳐들어오겠습니까?"

"서방의 잡것들이 쳐들어왔던 것을 잊은 것이냐?"

"뭐, 들리는 말로는 모르고 온 것일 수도 있다는뎁쇼. 아닙니까요?"

마교도이기에.

이곳이 천마성이기에.

또! 천마가 있기에.

마인들은 색목인들을 대수롭지 않게 생각했다.

"그리고 생각해 보십시오. 저 산맥을 넘어 쳐들어온다고 해도 과연 몇이나 오겠습니까요?"

"하긴 그렇지."

조장도 사실 그런 생각도 가지고는 있었다. 그러나 외부 경비를 서는 흑마단 소속 조장이기에 군기를 세우고 있을 뿐이었다.

"하늘에 닿았으니 지랄 맞게도 높지."

"그런 저 산을 넘어봐야 얼마나……."

"왜 그래?"

"어! 어! 어!"

조원이 손가락으로 무언가를 가리키며 꿀 먹은 벙어리처럼 버벅거렸다.

"뭔데 그……, 헙!"

천마성 아래 넓은 들판에 수천 명의 병력이 눈에 들어온 것이었다.

"적이다! 적이 나타났다!"

조장이 있는 힘껏 고함을 질렀다.

땡땡땡땡땡땡땡땡!

그 고함에 성곽에 마련된 종각에서 적의 침입을 알리는 타종 소리가 빠르게 울려 퍼졌다.

"적이 온다! 서둘러 방비……."

조장은 말을 끝까지 잇지 못했다.

거대한 화마가 성곽을 뒤덮었기 때문이었다.

비명도 없이.

콰과과과과과과광!

땡땡땡땡땡땡땡땡!

귀를 때리는 종소리에 가부좌를 틀고 앉아 명상에 들어 있던 천마 천지악이 눈을 떴다.

콰과과과과과과광!

광폭한 폭음이 터졌다.

그 여파가 커 천마 천지악의 연공실이 흔들릴 정도였다.

그그극!

연공실 석문이 거칠게 열리고 마뇌가 안으로 들어왔다.

"서방의 이교들이 쳐들어왔습니다."

천마는 자리에서 일어나며 손을 뻗었다.

스윽!

그의 손으로 천마검이 날아왔다.

쑤아아아악!

천마가 연공실 한쪽 벽을 향해 검을 휘두르자.

콰광! 콰르르르!

한쪽 벽이 무너지고 천마성이 시선 아래로 드러났다.

퍼벙! 콰과과광!

천마성 곳곳에서 화포가 터지듯 폭음과 함께 불길이 치솟고 있었다.

천마성 성곽을 넘어오는 수천의 적이 천마의 눈에 들어왔다.

부르르르르.

천마는 분노로 몸을 떨며 무너진 벽면으로 다가갔다.

"감히! 감히!"

천마의 눈에 핏발이 들어섰다.

"하찮은 서방의 신을 믿는 종자는 하나도 살려두지 않으리라! 하나도!"

천마는 적을 향해 몸을 날렸다.

피를 연상시키는 새빨간 색이 꿈틀거렸고, 시커먼 검은색이 다시 피어났다. 그리고 붉은색을 잠식해 나가자, 붉은색은 마치 바람 앞에 놓인 자그만 촛불처럼 일렁거렸다.

언제 꺼져도 이상하지 않을 정도로 아슬아슬하고 위태롭게 보였다.

검은색은 붉은색을 잡아먹기 위해 안간힘을 썼고, 붉은색은 살아남기 위해 몸부림쳤다.

그렇게 시간이 흐르고, 흘렀다.

꺼질 듯 말 듯 위태롭던 붉은 점이 개화하는 꽃처럼 피어났다.

붉은 꽃은 스스로 몸을 태워 군화(群花)를 이루듯 서서히 몸집을 키워 갔다.

몸집을 키우기 시작한 붉은색은 단숨에 검은색을 집어삼키며 커졌다.

붉은색이 구체의 반쯤을 차지하자 검은색도 더는 물러설 수 없다는 듯 마지막 여력을 쥐어짰다. 그렇게 누구 하나 우위를 점하지 못하고 엎치락뒤치락을 반복했다.

두 색, 아니 두 기운의 충돌로 매끈한 구체가 뒤틀리고 찌

그러지고 한 부분이 부풀어 올랐다가 푹 꺼지기를 반복했다.

구체에 침이라도 꽂는다면 단숨에 펑 터질 것만 같았다.

모두가 숨을 죽였다.

야현을 따라온 수하들도, 그들을 막아선 가고일들도, 그리고 저 높은 아성 집무실에서 내려다보는 갈리오스 공작도.

"우히히히."

괴소 아닌 괴소.

카이만의 웃음은 초조함이었다.

그는 느낀 것이 있었다.

검은색이 이기면 야현은 죽을 것이오, 붉은색이 이기면 야현은 산다.

이겨야 한다.

붉은색이.

무조건!

단지 살기 위해서가 아니다.

붉은색이 이긴다면 주군은 다시 한 번 헌 육신을 버리고 새로운 육신을 얻을 것이다.

'어쩌면.'

카이만의 몸이 부르르 떨렸다.

'일족을 넘어설 수 있음이야.'

쿵!

카이만은 무릎을 꿇고 붉은색과 검은색의, 혈기(血氣)와 마기의 힘겨루기를 올려다보았다.

간절한 마음을 담아 혈기가 이기기를 빌었다.

그 마음이 전해졌을까.

쿵! 쿵! 쿵! 쿵! 쿵!

일천 명의 수하들이 무릎을 꿇었다.

'이긴다! 이긴다!'

카이만의 눈에 희열이 가득 담겼다.

조금씩이지만 혈기가 마기를 갉아먹으며 우위를 점하기 시작한 것이었다.

거센 물살에 둑이 한순간 무너지듯.

아슬아슬한 균형이 깨지자 혈기는 광기에 사로잡힌 괴물처럼 마기를 먹어치우기 시작했다.

마침내 무형의 막, 구체는 오로지 혈기로만 채워졌고, 붉은색이 되었다.

쩍!

그리고 깨지지 않을 것만 같던 구체에 금이 갔다.

한 줄.

하나는 둘이 되고, 둘은 넷이 되고.

파삭!

구체가 부서지고, 파편은 붉은 연기가 되어 사라졌다. 아니, 구체의 중앙으로 흡수되었다.

우수수수.

그리고 떨어지는 검은 재.

중앙에는 오로지 홀로, 야현이 눈을 감고 서 있을 뿐이었다.

콰직!

창문틀을 짚고 서 있던 갈리오스 공작의 손에 힘이 들어갔다. 무지막지한 힘은 창문틀을 완전히 짓이겨 버렸다.

그의 금안은 동그랗게 떠져 있었다.

마기가 잡아먹혔다.

'어, 어떻게?'

어둠의 일족들의 기운은 마기의 찌꺼기다.

같잖은 찌꺼기 따위가 원류를 삼킬 수는 없는 법.

'어찌하여?'

비슷한 질문만이 갈리오스 공작의 머릿속에 떠올랐다가 사라지기를 반복했다.

파직!

구체가 부서지고, 아니 껍질이 부서진 것이다.

먹이는 모든 것을 빼앗기고 가루가 되어 흩어졌다. 남은 것은 성장한 피를 먹고 자란 악마일 것이다.

가고일의 왕, 갈리오스 공작의 눈에 권태로움은 사라졌다.

'재앙인가? 축복인가?'

갈리오스 공작은 창문 너머로 몸을 날렸다.

"크크크크크크크!"

야현이 웃음을 터트렸다.

그 웃음은 마계의 울림처럼 깊고 컸으며 또한 사악했다.

아니, 그리 들렸다.

가고일들에게는.

"크하하하하하!"

광오하고도 광대하다.

웃음이 가슴을 울렸다.

그리 들렸다.

어둠의 일족들에게는.

야현의 수하들에게는.

"좋군. 좋아."

마신의 웃음과도 같은 패도적인 웃음 뒤 야현은 양팔을 들어 몸 안을 휘저은 노도 같은 힘을 만끽했다.

"크크크크크크"

야현은 고개를 돌려 굳은 표정의 가고일들을 쳐다보았다.

할짝.

야현은 혀로 입술을 핥았다.

반짝이는 눈은 적을 바라보는 것이 아니라 맛난 먹이를 바라보는 야수의 것이었다.

'사단, 어쩌면 오단도 가능하다!'

가고일의 피로 육체가 바뀌었다.

환골탈태.

그 경지에 이르면 헌 육신을 버리고 새로운 육신을 얻는다고 했다.

'무력이 아니면 어떻고 가고일의 피면 어떤가? 강해지면 된다. 강해지면.'

야현의 몸이 가고일들에게로 향했다.

처벅!

가고일들은 달라진 야현의 기세에 눌려 저도 모르게 다들 한두 걸음씩 뒷걸음을 쳤다.

"몇 놈이면 될까?"

야현은 다시 입술을 핥으며 가고일들을 훑었다.

그리고 한 놈과 눈이 마주쳤다.

씨익, 야현의 입가에 미소가 그려졌다.

그리고 한 걸음 내딛으려 할 때.

팟!

야현을 가로막아 선 이가 있었으니, 바로 아성에서 침묵을 지키던 갈리오스 공작이란 허울을 쓴, 가고일의 왕이었다.

그가 모습을 드러내자 가고일들은 언제 겁을 먹었느냐는 듯 무릎을 꿇고 바닥에 엎드렸다.

자신들의 왕을 위하여.

"재앙일까, 마지막 축복일까?"

가고일의 왕, 갈리오스는 야현을 빤히 쳐다보며 중얼거렸다.

그 목소리가 작지 않아 야현의 귀에도 들렸다.

야현을 향한 눈빛은 희번덕거렸지만, 목소리는 여전히 권태로움을 담고 있었다.

권태로움이 깨지지 않은 것인지, 아니면 습관인지는 그만 알리라.

"함께 하면 축복이요, 함께 하지 않으면 재앙이 아니겠습니까?"

야현이 말하며 그를 향해 한 걸음 다가섰다.

"소개를 다시 할까요?"

"암흑제국 황제 야누스. 이미 들었소."

"그럴 거라 짐작했습니다."

"가고일의 왕, 갈리오스요."

갈리오스가 자신을 소개했다.

"이리 뵙게 되는군요."

"차가 좋소? 아니면 술이 좋소?"

이 상황과 어울리지 않는 물음.

"차보다야 술이 좋을 시간이 아니겠습니까?"

"과연, 나와 같은 생각이로군요."

갈리오스는 공작관 안으로 소리쳤다.

"술상을 차려라!"

인간으로 보이는 하인들이 나무 상과 의자 둘을 내왔다. 그리고 상 위에 와인 한 병과 잔 두 개가 놓였다.

"안주는 필요 없지요?"

"그대도 그렇습니까?"

"이 땅에서 태어나지 않았으니 이 땅의 것을 먹지 못하지요."

"이 땅에서 태어나도 먹지 못하는 이들도 있답니다."

오래된 친우처럼 둘은 자리에 앉아 서로의 잔을 채웠다.

"블러드 문을 본 적이 있지요."

갈리오스는 잔을 들며 말했다.

"그렇습니까?"

"오래전 일입니다. 그 아이가 홀로 태어났을 때였으니."

갈리오스는 아련한 회상에 잠기는 모습이었다.

"야누스 경은, 아! 야현이라고 했지요? 이곳 이름으로 불리는 것은 싫어할 터이니."

"어찌 아셨습니까?"

야현이 잔을 들다 말고 갈리오스를 직시하며 물었다.

"짧은 인연이었지만 꼭 그대 같은 이를 본 적이 있지요."

갈리오스는 누군가를 떠올리는 듯 아련한 눈으로 잔을 내려다보았다.

혈황.

그일 것이다.

'살아 있다면 보고 싶군.'

그럴 일이 없으니 야현도 피식 웃으며 잔을 들었다.

"중원이라고 했소? 그와 당신의 고향이."

"맞습니다."

"보고 싶군."

갈리오스의 중얼거림.

"보고 싶습니까?"

야현은 그를 바라보며 물었다.

"그럼 본인과 보시지요."

이어진 말에 갈리오스가 고개를 저었다.

"나는 보지 못하오."

"흠."

야현은 마시다 말고 잔을 내려놓으며 갈리오스를 바라보았다.

"내가 죽어야 저들의 족쇄가 풀리니."

"스스로 채운 족쇄일 듯싶소."

갈리오스의 얼굴에 쓴웃음이 짧게 지어졌다가 사라졌다.

야현의 물음에 돌아온 답은 없었지만 저 쓴웃음이 대답을 대신하고 있었다.

"스스로 채웠으니 스스로 벗으면 되지 않겠소?"

"남이 채운 족쇄보다 벗기 힘든 것이 스스로 채운 족쇄가 아니겠소?"

야현의 입에도 쓴웃음이 지어졌다.

"그 웃음 고맙구려."

"……?"

"또한, 불쾌하기도 합니다."

갈리오스의 말에 야현의 쓴웃음이 음산하게 바뀌었다.

"그대가 왔으면 좋았을 텐데."

"그리고?"

"그대의 피는 얼마나 달까? 라고 생각을 하고 있긴 합니다."

"하하하하하하!"

갈리오스는 목을 젖혀 크게 웃음을 터트렸다.

"그래도 본인은 내 사람이 더 좋습니다. 형제의 예우를 해 드리지요. 오세요."

"그대도 알지 않나?"

"알았으니 오라고 했습니다."

"그렇군."

갈리오스는 잠시 허망한 눈을 했다가 이내 잔을 비웠다.

죽어가는 몸.

이곳은 마계가 아니다.

중간계다.

마기는 마계의 것.

가고일이 영생을 한다고 하지만 그것은 진실이 아니다.

마계라면 영생을 하겠지만 마기가 없는 이곳에서는 메마른 땅에서 서서히 말라 죽어가는 한 그루의 나무와 다름없음이다.

다만 그 나무의 뿌리가 깊어 그 시간이 오래 걸린다는 것을 뿐.

죽어가는 몸으로 무엇을 할 수 있을까?

고향으로 돌아갈 수 없는 몸으로 무엇을 할 수 있을까?

포기하면 편하다.

그냥 조용히 사라지는 것이다.

그게 가고일이 느끼는 권태로움의 원인이었다.

"인간들이 들으면 웃겠습니다."

적어도 한 오백 년은 살아갈 것이다. 어쩌면 천 년도 살 수 있으리라.

"당신의 입에서 그 말을 들으니 신선하군요."

"하하."

야현은 짧은 웃음으로 화답했다.

"재앙일지 축복일지 모르나……."

갈리오스는 고개를 돌려 일족을 보았다.

"마지막 불꽃은 되겠지."

갈리오스가 자리에서 일어났다.

짧은 유흥은 끝났다.

"화려하게 태워드리지요."

야현도 자리에서 일어났다.

"대신 약조 하나 해 주시오."

"……?"

"가고 싶어 하는 자만 데려가시오. 남을 자는 남겨 두고."

야현의 미간에 깊은 주름이 그려졌다.

마음에 안 드는 이유다.

"대신 피는 덜 흘리지 않았소?"

갈리오스의 말처럼 많은 피를 예상했었다.

야현은 가고일들을 쳐다보았다.

"그러지요."

모두 가지고 싶지만 무리라는 것을 야현도 느꼈다.

"아쉽군."

말처럼 아쉬움이 얼굴 가득 드러났다.

그러나 미련은 갖지 않는다.

야현은 다시 갈리오스를 바라보았다.

"그대를 이기고 그대의 힘을 본인의 것으로 한다면 결코 손해는 아니지요. 그리 합죠."

"고맙소."

"고맙기는. 이제 그대의 목을 거둘 텐데."

야현이 씩 웃었다.

아울러 무미건조한 갈리오스의 입가에는 메마른 듯했지만 미소가 그려지기는 하였다.

"죽어서 돌아가는군."

갈리오스는 이 순간 먼저 소멸한 일족들의 마음을 이해할 수 있었다.

아무것도 할 수 없는 권태로움에 지쳐 죽은 것이 아니었다.

그리워서 죽은 것이다.

혼이나마 고향으로 돌아가기 위하여.

피식 웃었다.

죽어서 돌아간다는 보장도 없지만.

"치우게."

갈리오스의 명에 탁자와 의자가 치워졌다.

"잠시만 실례하지."

갈리오스는 몸을 돌려 일족들 앞으로 다가갔다.

"모두 들었겠지?"

고개만 끄덕일 뿐, 가고일의 표정에는 그다지 큰 표정의 변화가 없었다. 심지어는 갈리오스를 대신해 이들을 이끌던 팔라오 붉은 날개 기사단장이 죽었어도 그랬다.

"멋대가리 없는 놈들."

미미한 표정의 변화.

"너희들의 왕이 죽으러 간다."

쿵! 쿵쿵쿵!

가고일들이 무릎을 꿇고 허리를 숙였다.

"재미없는 놈들."

갈리오스의 눈에 슬픔이 묻어나왔다.

"너무 오래 살았어."

감정이 사라졌다.

아니, 감정을 가지지 못하고 태어난 것인가?

'그래도 그때는 감정이라는 것을 얼핏 알았었는데. 오늘 드디어 자네를 만날 수 있겠군.'

갈리오스는 그 생각에 피식 웃음을 삼켰다.

'그대는 이 땅의 신에게, 나는 마신의 품으로 가니 만날 수 없겠군.'

갈리오스는 회한에서 벗어나 마지막 말을 남겼다.

"마음대로 살아라. 어차피 우리는 돌아갈 수 없는 방랑자들이 아니더냐."

갈리오스는 돌아서며 진체를 드러냈다.

촤아아악!

거대하다.

그것이 야현이 처음 느낀 감정이었다.

인간의 모습은 팔라오보다 작았지만 진체의 크기는 더 컸다.

『……..』

진체로 변한 갈리오스는 공격할 의사가 없는 듯 야현을 내려다보았다.

"……?"

『팔라오와의 마지막 싸움.』

갈리오스의 말에 야현이 차가운 미소를 지었다.

『화려하지는 않지만 재미있어 보이더군.』

"그래 보였소?"

『치고받는 것만이 싸움은 아니지 않소. 당신이 이기면 우리 애들도 지켜줘야 하고.』

자신의 마기를 가질 수 있으면 가지라는 것이다.

"크하하하하하!"

야현은 웃음을 터트렸다.

"아니면 잡아먹히는 것이고."

『하하하하하!』

갈리오스의 대소가 뚝 멈췄다.

『쉽진 않을 것이야. 나는 이들의 왕이니!』

"본인은 이들의 황제요."

야현은 몸을 띄워 갈리오스와 눈을 마주했다.

『오라. 그대에게 주는 선물이니.』

"크크크. 그대가 주는 선물이 아니라 본인이 원해서 가지는 것이오."

콱!

야현은 갈리오스의 목을 물었다.

『끄아아아아아아!』

갈리오스도 울었고.

"크하아아아아!"

야현도 울었다.

〈다음 권에 계속〉

魔劍王
마검왕

나민채 퓨전무협 장편소설

PUSION ORIENTAL FANTASY STORY

『죽지 않는 무림지존』,『천지를 먹다』
베스트 셀러 작가 나민채의 신작!

강호와 현실을 자유롭게 넘나들며 벌이는 스펙터클한 퓨전 무협

강호의 마교 소교주, 현실의 고등학생이라는 두개의 삶.
나를 다른 세상으로 부른 흑천마검에는 놀라운 비밀이 숨어 있다!

★
dream
books
드림북스

사도연 신무협 장편소설

ORIENTAL FANTASY STORY & ADVENTURE

용을 삼킨 검

『천마본기』의 작가!
사도연 신무협 장편소설!

"우리 성아는 커서 뭐가 되고 싶니?"
"영웅! 세상을 구하고 누나도 지키는 멋있는 영웅!"
하지만…… 세상은 나를 영웅이 아닌 악마로 만들었다.

dream
books
드림북스